KB052978

오늘은 누구도 행복하지 않았으면
좋겠단 생각을 했습니다

'한글 맞춤법'에 맞지 않는 표현은 작가 고유의 글맛을 살리기 위해 일부 수정하지 않았습니다.

여태현 산문집

오늘은 누구도 행복하지 않았으면
좋겠단 생각을 했습니다

펴내며

발이 시려울 때면, 내가 적은 글이 자꾸만 떠오른다던 사람이 있었다. 내색하진 않았지만 썩 괜찮은 일이라고 생각했다. 한 사람이 가장 초라할 때. 누군가의 온기가 간절할 때 떠오르는 글이라니. 내가 적는 글이 그런 온기를 품을 수 있을까. 정말 누군가는 발이 시려울 때 낮은 조도로 타고 있는 내 생의 글자들을 쬐고 그곳으로부터 일말의 온기를 느끼고 있을까. 여러 해 동안 생각했다. 그럼 난 가치 있는 시간을 보내고 있는 거라고 스스로에게 말할 수 있을 텐데.

무언갈 기록하는 일에 몰두하던 시절이 있었다. 너무하다 싶을 만큼 쌓아둔 메모장과 노트들. 한 번 적고 나면 다시 들춰보는 일은 없었다. 그래도 계속 쓴다. 쓰고 쌓아두고를 무수히 반복하다 보니 어느새 머리맡엔 내가 했던 생각들이 실체를 가지고서 켜켜이 쌓였다. 외롭고 공허할 때면 머리맡에 손을 뻗어 두서없이 쌓인 것들을 더듬는다. 오래된 생각일수록 바래고 먼지 쌓인 냄새가 난다. 다시 읽지도 않을 글자들이 어째서 내게 이런 안정감을 주는 걸까. 그것들만 있으면 어쩐지 죽을 것 같던 외로움도 그럭저럭 견딜 만해지는 게 이상했다.(물론 여전히 외로운 건 마찬가지였지만.) 어쩌면 실체를 갖는다는 거 이런 의미가 아닐까 생각한다. 실체를 가진 무언갈 앞에 두고서 반대로 내가 이곳에 있음을 실감하는 거다. 여기엔 그런 글들을 모았다. 머리맡에 켜켜이 쌓인 생각들처럼 넘쳐 쏟아지는 바람에 형체를 가지게 된 것들. 글자를 타이핑하고, 읽고, 퇴고하고, 다시 타이핑하는 동안 나는 이 책을 읽게 될 사람들을 여러 번 생각했다. 그건 일종의 주문 같은 거다. 누군가는 발이 시려운 날 여기 놓인 글자들을 더듬으면서 미약한 불이라도 지필 수 있기를. 잘 도착하기를. 늦지 않기를. 그런 마음을 글자 속에 꾹꾹 눌러 담았다.

내게 있어 외로움이란 체념에 의해 견뎌내는 것에 더 가까웠는데 뭐랄까, 글을 쓰면서는 조금씩 "괜찮아. 너도 나도. 외롭지 않은 사람은 없으니까."라고 말할 수 있게 됐다. 우린 이렇게 살아있고, 외로움은 인간의 본질이니까.

목차

1 가까워지는 줄 알았던 날들이 때론 멀어지기 위한 과정이었단 사실 그땐 몰랐다

2_ 어떤 밤에는 이유 없이 외로울 수도 있다고

3 __ 그렇다면 사랑이라고 되지 말란 법 있겠습니까

1 가까워지는 줄 알았던 날들이 때론 멀어지기 위한 과정이었단 사실 그땐 몰랐다

나는 누구와도 이별한 적이 없는데
어떤 마음으로 여기에 앉아있는 걸까요

원고 작업을 위해.라는 핑계를 대고 바다에 왔습니다. 대한민국은 삼면이 바다입니다. 그러니까, 우리가 '바다'라고 부를만한 곳이 많다는 소립니다. 그 많은 바다 중에 가장 좋아하는 바다를 두 개만 꼽자면 내 어린 시절을 온통 함께해준 월미도와 광안리 정도를 고를 수 있겠습니다.

학창시절을 모두 인천에서 보냈습니다. 현장학습이 있는 날이면 어김없이 버스를 타고 바다로 향하던 기억이 납니다. 인천에만 해도 몇 개의 바다가 있습니다. 내가 살던 곳은 인천의 중간지점쯤이라 적당히 버스만 골라 타면 어느 바다로든지 갈 수 있었습니다. 월미도, 연안 부두, 을왕리, 송도해수욕장.. 여기저기 다 각자의 매력이 있겠습니다만, 유난히 월미도를 좋아하는 이유는 그곳이 가진 특유의 감성 때문입니다. 뭐랄까 아주 오래된 사진을 현상해 놓은 것처럼 빛바랜 것들이 가득한 곳. 아련합니다.

고등학교를 다닐 무렵의 나는 쉽게 잠에 들지 못했습니다. 불면증이었는지 뭐였는지 지금에 와서는 명확히 판단할 수 없지만, 한두 시쯤 집을 나와 두 시간씩 걷다가 돌아와서 잠깐 눈을 붙이는 생활을 오래 했습니다. 그런 밤이면 삼일에 한 번꼴로는 꼭 월미도에 갔습니다. 거의 모든 가게들이 문을 닫고 놀이기구도 멈춰 있습니다. 한낮의 생동감은 찾아볼 수 없습니다. 그제서야 파도소리가 들리는 겁니다. 주변의 모든 소음들이 죽었기 때문에. 그런 이유로 새벽 무렵의 월미도를 좋아합니다. 사람들은 알지 못할 은밀한 비밀을 공유한 기분이 되는 겁니다.

월미도가 나의 10대, 20대를 관통하는 바다라면 광안리는 20대 후반과 30대를 관통하는 바다입니다. 처음 광안리에 온 이유는 기억나질 않습니다. 아마 퇴근하던 길에 갑자기 바다가 보고 싶었을 테고, 평소보다 더 답답했을 테고, 그래서 이번엔 월미도 말고 먼 곳으로 떠나자. 누구도 나를 찾을 수 없는. 같은 결론에 도달했을 겁니다. 하필 부산을 선택한 이유는 아마 '부산 앞바다'라는 글자가 주는 막연한 낭만 때문이었을 거라고 생각합니다. 저는 예나(잠 못 이루던 밤이나, 도서관 바닥에 앉아 루이제 린저의 소설을 읽던 날 같은) 지금이나 그런 인간입니다. 낭만 같은 걸 삶의 이정표로 삼고 살아가는. 광안리의 첫인상은 매우 좋았던 걸로 기억합니다. 그러나 그때까지만 해도 이렇게 자주 찾아오게 될 거라곤 생각하지 않았습니다. 물리적 거리가 주는 피곤함을 이겨낼 만큼은 아니었거든요.

광안리에 다녀온 지 며칠이 지난 어느 날이었습니다. 그때의 나는 사랑하는 사람과 헤어지고 몹시 힘든 시간을 보내고 있었기 때문에 제정신인 날보다 제정신이 아닌 날이 더 많았습니다. 습관처럼 아무 생각 없이 그 사람의 SNS에 들어갔습니다. 피드를 확인한 순간 머리를 한 대 맞은 것 같은 기분이 들었습니다. 광안리의 사진이 올라와 있더군요. 실시간인 것 같았습니다. 그녀는 지금. 이 시간. 광안리에 있는 겁니다. 불현듯 예전에 나눈 대화를 떠올립니다. 크리스마스 무렵, 침대에 누워 창문에 아른거리는 눈 그림자를 보면서 였을 겁니다. 그날에 우린 '기적'이나 '낭만'같은 글자에 여느 때보다 가까웠을 겁니다. 그러니까 그런 대화를 나눈 거겠죠. J는 가만히 내 이마를 손가락 끝으로 만지다가 말했습니다. "만약에 우리가 헤어진다면 말이야. 서로 연락처도 지우고, 차단해버리겠지? 어디서 어떻게 사는

지 영영 알 수 없게. 근데 그러다… 아주 오랜 시간이 흐른 다음에 먼 곳에서 우연히 만나게 되는 거야. 음 어디가 좋을까. 부산이라든가 통영이라든가. 남쪽 끝에 어느 바다에서. 그럼 우린 아마 다시 사랑에 빠지겠지? 응?" 같은. 낭만적인 일입니다. J의 목을 끌어안고 키스합니다. 물에 녹은 것처럼 말랑거리던 입술. 아, 여긴 생략하겠습니다.

그래서였나 봅니다. 무심코 부산으로 향한 건. 나도 모르게 남아있던 기억이 어떤 기적을 바랐는지도요. 그러나 며칠의 텀을 두고 우린 조우하지 못했습니다. 얄궂은 일입니다. 겨우 며칠이라니. '겨우'라고 생각하면 '겨우'일 거고, '대단히'라고 생각하면 '대단히'일 만큼의 시간이 우리 사이에 놓여있었습니다. J도 나의 피드를 봤을 테니 이 사건이 그녀의 어떤 마음을 대변하는 건지도 모릅니다. 혹은 아무 의미 없는 우연이거나. 결국 저는 연락하지 못했습니다. 헤어지던 날 J가 보여준 표정은 크리스마스나 눈, 기적, 낭만과는 거리가 '대단히' 멀었기 때문입니다. 그 후로도 사랑하는 사람과 헤어질 때면 어김없이 광안리에 옵니다. 비슷한 맥락으로 원고를 마감할 때도 광안리에 옵니다. 그러나 오늘은 잘 모르겠습니다. 나는 누구와도 이별한 적이 없는데 어떤 마음으로 여기에 앉아있는 걸까요.

I Feel Blue

바다를 보고 앉아있으면 언젠가 S와 나눈 '색과 감정이 가진 상관관계'에 관한 대화가 떠오릅니다. "Blue는 왜 우울을 대변할까."하는 S의 말로부터 시작된 대화였습니다. 나는 "감정이 갖는 파장과 색이 갖는 파장이 같아서 그런 걸까." 되물었고. 그녀는 조금 더 명백한 근거를 알고 싶다고 했습니다. 예컨대 'I Feel Blue'는 별다른 수식어 없이 우울 그 자체를 나타내지 않냐는 말과 함께였습니다. 내 기억이 정확하다면 그날도 비가 내리고 있었는데, 우리는 커다란 창이 붙어 있는 창가 자리에 앉아 각자의 앞에 따듯한 수프와 아메리카노를 두고 있었습니다.(아, 이건 제가 좋아하는 메뉴입니다.) 수프를 다 비워내고도 "바다색이 Blue라서 그런 걸까.", "그럼 빨간색은 왜." 따위의 길잃은 대화를 한 시간 정도 더 했습니다. 그때 S가 말했습니다. "어쨌든." 그녀는 가끔 입술을 열고 잠시동안 뜸을 들입니다. 오랜 버릇입니다. 숨결도, 소리도 드나들지 않는 그 동그란 입술은 나의 시선만 끝없이 빨아들이는 성질을 가진 겁니다.

"파란색이 우울을 상징한다면, 하늘도 바다도 파란색인 이 지구에서 우울하지 않은 게 오히려 이상한 거네요. 그렇죠?"

그리곤 "심지어 바다는 지구의 70%나 되잖아요." 하고 덧붙였습니다. 아, 그래 우리는 우울해도 이상하지 않은 행성 지구에 살고 있는 겁니다.

하지만 알고 있습니다
정리가 쉽지 않을 거란 사실을

헤어진 연인과 나눠 가지고 있던 서로의 짐을 정리하기로 했습니다. 그녀의 집엔 제가 벗어놓은 신발과 악기들, 빔 프로젝터가 있었고, 저는 달랑 그녀의 돗자리 한 장만 가지고 있었습니다. 강남에 차를 세우고 가만히 앉아 생각했습니다. 나는 정말 그녀와 헤어지고 싶은 걸까. 같은. 결론은 '아니다'였습니다. 그때의 나는 그녀가 막 좋아지려던 참이었습니다. 바다 사진을 보면 (함께 가기 위해) 어김없이 저장을 해 놓고, 맛있는 걸 먹으면 가장 먼저 생각날 정도로. 어떻게든 화해하고 싶은 마음에 그녀가 좋아하는 걸 사가지고 가기로 했습니다. 그녀가 좋아하는 카페에 들러 그녀가 좋아하는 커피를 테이크아웃 한 뒤에 편의점에 들렀습니다. 한 바퀴, 두 바퀴. 편의점을 돌면서 그곳에 진열된 것들의 이름을 하나씩 뜯어봅니다. 다시 한 바퀴, 두 바퀴. 그렇게 몇 바퀴를 돌고 나서야 깨달았습니다. 나 어떤 것도 집을 수가 없겠구나. 그녀가 싫어하는 건 기억이 나는데, 좋아하는 게 도무지 생각이 나질 않는 겁니다. 한참을 엘리베이터 앞에 서서 생각하다가 버튼을 눌렀습니다.

점점 작아지는 엘리베이터의 숫자를 보면서 나는 돗자리를 정리했습니다. (15층 14층 13층 12층.) 체크무늬가 그려진 하얀색의 돗자리. 반을 접고 다시 반을, 옆으로 돌려서 다시 반을 접고 마지막으로 반을. (11층 10층 9층) 계획대로만 접는다면 돗자리는 태어나 단 한 번도 펴진 적 없는 것처럼 모서리까지 깔끔하게 정리되어야 할 것입니다. 그러나 돗자리는 몇 번을 접었다가 펴도 도무지 깔끔하게 접힐 생각을 않습니다. 정리라는 거 생각보다 쉽지 않은 일입니다. (8층 7층 6층) 의미 없이 돗자리의 모서리를 만지작거립니다. (5층 4층) 각진 부분을 억지로 맞춥니다. (3층 2층) 하지만 알고 있습니다. 정리가 쉽지 않을 거란 사실을. (1층)

띵-. 엘리베이터가 도착했습니다.

연애가 끝나고 혼자가 되는 일은
설거지를 닮았습니다

요리를 하면서 떨어진 부산물이나 껍데기 같은 것들을 흔적 없이 치웁니다.
그릇에 남아있는 방금 먹은 것들의 흔적을 꼼꼼히

지웁니다.
물기를 말끔히 말린 뒤 수납장에 진열합니다.

연애가 끝나고 혼자가 되는 일은 설거지를 닮았습니다. 그러니까, 한 번의 연애가 끝나고 괜찮아지기까지. 우리는 지저분해진 그릇을 잘 닦아 수납장에 집어넣는 일만큼이나 많은 과정을 겪어야 하는 겁니다. 여기서 기억해야 할 것은 '원래의 상태로 돌아가는 것' 과 '흔적을 꼼꼼히 지우는 것' 입니다. 구태여 '닮았다' 고 표기한 것은 다시 말하자면, 완전히 같지는 않다는 뜻입니다. 과정은 비슷하지만 그릇을 닦아 수납장에 진열하는 것만큼 말끔하게. 결코 완벽하게 이전과 같은 모습으로 돌아갈 수는 없습니다. 인간은 끊임없이 변화하는 성질을 가졌습니다. 오늘 먹은 점심, 어제 읽은 책, 며칠 전에 본 영화, 몇 마디의 인상 깊은 대화에도 알게 모르게 영향을 받습니다. 하물며 사랑하는 동안 파생되는 수많은 흔적들. 물리적인 것은 물론이고 관계, 생각, 사상, 취향, 취미 같은 것들은 어떨까요.(잘 알고 있겠지만 당신은 나의 많은 부분에 영향을 주었습니다.) 이미 돌아갈 구석을 잃었다는 게 가끔은 쓸쓸하지만 어쩔 수 없는 일이란 걸 압니다. 요리할 때마다 형태가 변하는 그릇이 있다면 그는 나의 외로움을 이해할 수 있을까요.

요즘은 매주 만나던 날이라든가 퇴근하고 통화하던 시간, 자기 전에 안녕을 말하던 짧은 순간들이 생각보다 더 날 외롭게 만든단 사실에 혼란스러워하고 있습니다. 사실대로 털어놓자면, 마지막 연애는 물로 대충 헹궈서 집어넣기만 하면 말끔히 정리될 줄 알았는데 그게 아니었던 모양입니다. 지금의 나는 어느 단계쯤을 거치고 있는 걸까요.

019

유난히 기억에 남아있는 전화번호가 있습니다. 스마트폰이 나오기 전. 그러니까, 아직 다이얼을 눌러 전화를 걸던 시절에 자주 통화하던 번호입니다. 019

로 시작해 329를 지나 **91로 끝나는 번호. 지금은 없는 번호라 연결될 리 없지만 어째선지 잊지 못하고 있습니다. 세 번째 숫자가 나란히 9를 그리고 있어서. 329가 '삶이구' 따위로 읽혀서, 단순히 많이 눌러서. 그 번호를 잊지 못하는 건 아닐 겁니다. 기억이란 건 참 재미있습니다. 기억 뭉텅이가 필름처럼 저장되는 게 아니라, 그 순간 느낀 후각, 청각, 촉각, 미각, 시각 같은 정보들이 각자 담당하는 곳으로 일단 흩어집니다. 그리곤 기억을 떠올릴 때마다 그 정보들이 모여 하나의 기억으로 조립되어지는 겁니다. 그 번호를 떠올릴 때면 덩달아 조립되는 것들이 있습니다. 2006년 겨울의 냄새, 닫히는 전철문 사이로 떨어지는 눈, 살갗에 닿는 차가운 바람, S가 자주 바르던 립스틱의 맛, S의 목소리 같은. 내 첫사랑은 그렇게 끝이 났습니다. 전철 사이로 떨어지는 눈을 보면서, 살갗에 닿는 차가운 바람을 맞으면서, "미안해" 같은 소리를 어렴풋이 들으면서. 핸드폰을 바꾸고, 그곳에 저장된 모든 전화번호가 010으로 바뀐 뒤에도. 한동안 019로 시작하는 열 자리의 전화번호를 지우지 못했습니다. 뭐랄까. 번호마저 지우면 그 시절의 나를 영영 잃어버릴 것 같아서.

하필이면 블랙체리
빨간색의 캔들입니다

무슨 정신이었는지 책상 위에 있던 캔들을 옮기다가 그대로 떨어뜨려 깨뜨린 적이 있습니다. 하필이면 블랙체리. 빨간색의 캔들입니다. 유리병을 깨뜨리면 가장 먼저 큰 조각들을 주워 담습니다. 눈에 잘 보이는 것부터 순서대로 치우는 겁니다. 그다음엔 작은 조각들을, 그다음엔 더 잘게 부서진 부스러기들을 쓸어 담습니다. 그러다 문득 깨닫는 겁니다. 크게 떨어진 조각보다 잘게 부서진 걸 치우는 게 몇 배는 더 힘들고 괴롭단 사실을. 당장 치우지 못한 부스러기들이 어딘가에 숨어있다가 나도 모르는 사이 반드시 살갗 어딘가를 긁어놓을 거란 사실도 많이 깨뜨려본 경험을 통해 배웠습니다. 아, 이건 캔들이 아니라 연애 얘기입니다. 꼼꼼히 쓸어도 어딘가에 남아있을 추억의 부스러기 같은 것들 말입니다.

그럭저럭 먹을 만해집니다
익숙해지는가 봅니다

혼자 살다 보니 과일을 사다 먹을 일이 잘 없습니다. 한 팩을 사도 다 먹기 전에 꼭 상해버리는 바람에 마트에 가서도 괜히 주저하게 되는 겁니다. 사실은 간식이나 주전부리, 디저트보다 식사 한 끼를 더 먹자는 주의이기도 해서 과일을 먹을 일이 더더욱 없어지는 것도 같습니다. 해서 누군가 좋아하는 과일을 물어보면 사과, 배, 바나나처럼 베이직한 것들만 얘기합니다. 리치나 자두, 복숭아 같은 건 먹어본 적이 없거든요. 요즘엔 좋아하는 과일이 하나 더 생겼습니다. 귤입니다. 얼마 전. 제주도 사람과 짧게 연애를 한 적이 있습니다. 아, 서울에 상경한 제주도 사람 말입니다. 우린 어른스럽게 만났고 어른스럽게 헤어졌습니다. (아마도) 다른 말로 하자면 무미건조하게 연애하고 깔끔하게 헤어졌다고 할 수 있겠습니다. 종종 이런 이별을 하는 경우가 있습니다. 서로 좋아하고 존중하지만, 사랑까진 도달하지 못했을 때 이런 관계가 되는 걸까요. 헤어지자는 말에 덤덤히 그러자고 대답했습니다. 우린 졸지에 종종 안부만 묻는 사이가 되었습니다. 그러나 S도, 나도 한 가지 간과한 사실이 있습니다. 나는 언제나 한발 늦는 사람이란 사실입니다. 헤어지고 나서야 좋아하게 되는 경우가 많습니다. 어쩌면 상실한 자리를 사랑하는 걸지도 모르겠습니다. 귤을 먹으면서 S를 생각합니다. 귤은 제주도를, 제주도는 결국 그녀를 떠오르게 합니다. 내가 아는 제주도 사람은 오직 그녀뿐이었으니까. 생일이랍시고 귤 한 박스를 보내다니. 나 귤 별로 안 좋아하는 거 알면서요. 그래도 S가 보내준 거니까 꾸역꾸역 하나씩 까먹기로 합니다. 먹다 보니 처음엔 괴롭던 게 그럭저럭 먹을 만해집니다. 익숙해지는가 봅니다. 가끔은 달기도 하고. 이 귤을 다 먹을 때쯤이면 그녀를 떠올려도 아무렇지 않아지는 걸까요. 반 정도 남은 귤이 박스 안에서 익어갑니다. 꼭 언젠가 해치워야 할 외로움같이.

소화시켜 내보내야 할 것이
아직도 많이 남았다

셔츠에 체리 씨앗을 떨어뜨렸다. 자주색의 얼룩이 셔츠 밑단에. 물이 든 것을 휴지로 조심스레 눌러 닦는다. 최대한 주변으로 번지지 않게 조심하면서. 언제부턴가 물들거나 번지는 것들을 사리게 됐다. 나를 물들이고 얼룩덜룩하게 만든 것들을 생각하면 도무지 견딜 수가 없는 거다. 영영 돌아갈 수 없다는 두려움. 아마 희진 때문일 거라고 생각한다. 뱉어 놓은 씨앗을 본다. 떨어진 꼭지와 맥락 없이 놓여 있는 동그란 것들. 책임감 없이 주변에 휴지를 온통 물들여 놓았다. 씨앗은 늘 그렇기 마련이지. 생각했다. 싹 틔우기 위한 영양분 같은 걸 온통 품고 사는 탓일 거다. 이를테면 사랑 같은 거. 체리를 먹으면서 자꾸만 사랑을 들먹이는 이유가 있다. 체리는 희진이 좋아하는 과일이니까. 하필이면 차이던 날 눈치도 없이 두 팩이나 사다 놓는 바람에 어쩔 수 없이 혼자서 먹어치우게 생겼다. 그녀가 좋아하던 과일을. 혼자 남은 집에서. 혼자 해치워야만. 하는 거다. 여러모로 쓸쓸한 일. 결국 혼자 씹어 삼켜 받아들여야 하는 일이다. 비가 오지 않는 여름이면 희진은 "체리가 제철이라서 그런가 참 달아요." 했다. 작년에도, 재작년에도 같은 소릴 했단 사실 그녀는 알까. 지금에 와서 생각해보면 체리가 달았던 거, 제철이라서가 아니라 다 우리가 사랑하고 있어서였다. 앞에 놓여 있는 밍밍한 체리가 그 증거다. 체리가 이렇게 밍밍한 과일이었나 싶을 만큼 밍밍한. 어쩌면 우리, 달지 않은 체리를 고르는 바람에 헤어졌는지도 모른다. 아니면 헤어질 운명이어서 달지 않은 체리를 골랐는지도. 사랑이나 이별, 운명이란 거 이렇게 어처구니 없이 결정되기도 하는 법이니까. 희진을 생각하면서도 체리를 먹는 일을 멈추지 않는다. 소화시켜 내보내야 할 것이 아직도 많이 남았다. 이를테면 희진의 이름이라든가, 그녀가 벗어두고 간 가디건이라든가, 그녀가 좋아하는 과일이라든가 하는. 앞니로 체리를 물고(터지지 않을 정도로만) 꼭지를 뜯어낸다. 그다음엔 오른쪽 어금니로 삼분의 일 지점을 깨물어 씨를 골라낸다. 체리의 씨를 골라낸 뒤엔 손가락으로 받는 것보다 바로 휴지 위에 뱉어내는 것이 좋다. 체리 씨앗은 쉽게 손을 물들이고, 물들이거나 번지는 건 희진을 닮았으니까. 그 사실을 못내 견디기 어려운 거다.

닿아있는 면

L의 아이디로 로그인 된 교보문고 어플은 우리가 가진 유일한 '닿아있는 면'입니다. 비밀번호를 외우고 있지는 않았으므로 로그아웃 버튼 한 번에 떨어질 미약한 접합이기도 합니다. 그 사실을 깨달은 뒤로는 시간 나는 대로 교보문고 어플을 한참 들여다보게 되었습니다. 내가 모를 부분의 설정이 미묘하게 달라졌대도 반드시 알아내겠다는 의미 없는 욕망입니다. 이번 달은 이런 책을 읽었구나. 나는 이런 책을 읽어. 구입 목록을 통해서만 서로 살아있음을 확인하는 기묘한 관계. 기묘한 것은 말 그대로 기묘해서 어느 날에는 그녀가 책의 제목 따위로 내게 메시지를 보내는 건 아닐까 하는 망상에 빠져 살게 되기도 하는 겁니다. 매달 열 권의 시집을 산다던 그녀는 어느 달에는 열다섯 권의 시집과 한 권의 소설을, 어느 달에는 일곱 권의 시집과 두 권의 잡지를 사기도 했습니다. 그 구매 목록을 통해 내가 가늠할 수 있는 유일한 것은 그녀가 한 달 동안 가질 마음의 여유 정도일 겁니다.

내겐 이제

너무 사랑하고 사는 사람들을 보면 무서워집니다. 저 사랑 언젠가 끝이 나고 말 텐데. 같은 두려움입니다. 사랑의 불변함을 믿지 못하는 것도 무섭고, 다신 저렇게 사랑받을 수 없을 것 같아 무서워집니다. 내가 다시 누군갈 벅차게 할 수 있을까. 너무 사랑해서 미쳐버릴 것 같단 소릴 또 하게 될까. 내겐 이제 남아있는 게 별로 없는데.

내게도 남몰래
예민한 구석이 있습니다

어떤 사람에겐 성향이란 말을 삼가야 하듯이 내게도 남몰래 예민한 구석이 있습니다. 그중에 가장 먹먹한 것을 꼽자면 '가족'입니다. 나는 평범한 가정에서 살지 못했습니다. 해서 어릴 때부터 가족이나 가정이란 글자에 여러 가지 감정을 가지고 살았습니다. 때론 분노였고 때론 연민이었으며 때론 의문, 때론 괴로움, 때론 가져본 적 없는 것에 대한 막연한 그리움. 요즘의 나는 가족이란 글자를 보면 가슴 한 구석이 참을 수 없이 애틋해집니다. 말할 것도 없이 영 때문입니다. 서른. 처음으로 결혼을 결심하게 만든 사람. 이 사람이라면 평생 함께 살 수 있겠다는 확신을 가지게 해준 사람. 그녀는 종종 나의 가벼움을 탓했습니다만, 나는 결코 가벼운 마음으로 영에게 결혼을 언급한 것은 아니었습니다. 그녀는 풍경 좋은 어딘가에 가족 별장을 가지고 있었습니다. 꼭 휴가철이 아니더라도 주기적으로 한 번씩 내려가 주말을 보내고 오곤 하는 겁니다.

– 오늘은 상추를 심었어.

– 오늘은 고기를 구워 먹을 거야.

– 오늘은 눈을 쓸었다?

– 꽃이 예쁘게 피었다. 당신도 같이 볼 수 있으면 좋을 텐데.

하던 메시지는 두 번의 계절이 지나서야

– 우리 조만간 같이 오자. 엄마 아빠랑 같이.
– 여태현. 울지 마. 우리가 좋은 가족 만들면 돼. 그러면 되잖아. 그리고 휴가 날짜 맞춰서 같이 놀러 다니자. 어디든. 서로만 있으면 어디든 좋을 테니.

가 되었습니다. 결혼을 하거나 가족을 이루는 거 영 불가능할 거라고. 내 삶과는 거리가 멀 거라고 생각하던 것들입니다. 영이 내게 좋은 가족을 만들자고 했을 때. 그 두 글자는 다시없을 만큼 크게 확장되어 내 세계를 가득 채우고, 곧 터져나가 내 주변의 세계까지 온통 아우르는 것이 되었습니다.(아마 사랑의 다른 모습이었을 거라고 막연히 생각하고는 있습니다.) 그래서 그것은 더없이 애틋한 단어가 될 수 있었던 겁니다. 그만큼 확장되었던 세계가 다시 별 볼 일 없을 만큼 쪼그라드는 걸 오롯이 나 혼자 감당해야만 했으니. 결론적으로 우린 함께하지 못했습니다. 그녀에겐 그녀의 사정이, 내겐 나의 사정이 있었으므로.(실은 내겐 별 사정이 없었습니다만 일방적으로 그녀의 탓으로 돌리고 싶진 않습니다.) 영과 그렸던 미래가 너무 찬란하고 거대하게 내 삶을 흔들어 놓는 바람에 요즘의 나는 누굴 만나도 도통 미래가 그려지질 않습니다. 요즘은 내 삼십대를 관통한 상실감. 거대한 사랑의 대가 같은 걸지도 모르겠다고 생각합니다.

허상

사랑 같은 거 다 허상이라고 했지.
나는 소설가라면 그럼에도 불구하고
허상을 좇아야 한다고 말했고.
당신은 그 말에 글쎄, 하고 웃었다.
아 당신이 그렇게 말해버리면
난 누굴 사랑해야 하니.

당신을 닮은 냄새

글을 쓸 때는 며칠씩 금식을 합니다. 온몸의 감각을 예민하게 만들기 위해서입니다. 금식 사 일째가 되면 어김없이 청각이고, 후각이고, 촉각이고 할 거 없이 날카롭게 곤두서게 됩니다. 그러면 비로소 평소에 보이지 않던 것들이 보이게 됩니다. 오늘은 금식 사 일째고 한껏 날이 서있습니다. 이런 상태라면 나는 옷에서 나는 섬유 유연제 냄새에서도, 원두를 갈고 있는 그라인더의 소리에서도 얼마든지 좋은 글을 써낼 수 있는 겁니다. 오늘은 마침 현관문을 열면서 낯익은 섬유 유연제 향기를 맡았습니다. 나로 하여금 글을 쓸 수밖에 없게 만드는 사람의 향기. 섬유 유연제는 매일 쓰던 것만 쓰기 때문에 이 세상에 나와 있는 섬유 유연제가 대체 몇 종류나 되는지 나는 잘 모릅니다. 아마 보편적으로 널리 쓰이는 건 종류가 별로 많지 않을 거라고 생각합니다. 그렇지 않다면 당신을 닮은 냄새를 이렇게 자주 마주칠 리 없으니까. 특히 나를 괴롭히는 건 위층인지 아래층인지 모를 곳에서도 같은 섬유 유연제를 쓰고 있다는 사실입니다. 당신을 닮은 향기가 계단에 흠뻑. 한 칸도 빼놓지 않고 낱낱이. '085*****' 특히 문 앞에 서서 비밀번호를 누를 때. 여덟 자리 숫자를 누르는 그 짧은 와중에도 몇 번이나 손가락을 멈칫하게 됩니다. 살갗을 누르던 손가락의 감촉이 생생한 바람에. 뒤에서 끌어안던 당신의 팔이 여전히 생생한 바람에. 여전히 당신이 보고 싶은 바람에.

꽃

은이는 헤어지면서 내게 꽃이 필 때쯤 다시 만나자고 했는데, 어떤 꽃인지는 끝내 이야기해주지 않은 바람에 동백이 피는 일 월부터 국화가 피는 십일월까지 내내 은이의 연락을 기다려야만 했다. 일 년에 십일 개월은 새로운 꽃이 핀다는 사실 나는 은이 때문에 알았다.

그러나 나는 다행히
바이올린을 켤 줄 아는 사람입니다

크레이프 케이크를 먹을 때마다 생각나는 사람이 있습니다. 정원. 그녀는 바이올린을 전공한 사람으로 다정한 목소리를 가졌고, 고양이와 함께 삽니다. 내 기억이 정확하다면 꽤 오랫동안 긴 생머리로 지냈습니다. 주말엔 교회에 나가고, 종종 석촌호수를 걷습니다. 이런 이유들만으로 내가 그녀를 생각하는 것은 충분히 당위성을 갖지만, 굳이 크레이프 케이크를 먹을 때마다 그녀를 떠올리는 건 다른 이유가 있어서일 겁니다. 예컨대 처음으로 크레이프 케이크를 먹는 방법에 대해 알려줘서 라든가.

"크레이프 케이크를 먹을 땐 보통의 케이크처럼 이렇게 잘라먹으면 안 돼. 위에서부터 한 겹씩. 벗겨 먹는 거야. 그래야 진짜 맛을 느낄 수 있거든."

한.겹.씩.벗.겨.먹.는.거.야. 말을 하는 정원의 목소리가 음절 단위로 분해됩니다. 음절 단위로 분해된 낱말은 다시 문장이 되면서 오역되기 쉽습니다. 정원의 눈을 봅니다. 마침 그녀도 나를 보고 있었으므로 잠깐 동안 눈을 맞추게 됩니다. 그녀의 시선이 나를 향할 때는 주로 '이해했어?'란 뜻을 내포하므로 작게 고개를 끄덕이게 됩니다. 그건 우리 둘 사이에 존재하는 암묵적인 룰입니다. 무언갈 설명하고, 눈을 맞추고, 고개를 끄덕이는 거. 어쩌면 정원은 '나를 이해시킬 게 많은 사람' 정도로 생각하는지도 모릅니다. 철없는 막내 동생이라든가, 바이올린을 가르치는 학생을 바라볼 때에도 아마 저런 표정을 할 거라고 생각합니다. 포크를 쥔 정원의 손가락을 기억합니다. 검지와 중지는 갈고리 모양으로 포크의 뒷면에, 엄지는 검지와 중지 사이. 앞면에 붙어 있습니다. 손목의 각도는 일반인에게 낯설 만큼 굽었습니다. 그러나 나는 다행히 바이올린을 켤 줄 아는 사람입니다. 정원의 손가락과 손목이 굽어진 각도의 의미를 알아챌 만큼은 된다는 뜻입니다. 처음 바이올린을 배우던 시절을 떠올립니다. 제대로 된 소리도 내지 못하는 주제에 양치질을 할 때면 자꾸만 활을 쥐는 것처럼 칫솔을 쥐곤 하는 겁니다. 나만 알고 있는 나의 오랜. 비밀스런 버릇. 어쩌면 우린 같은 버릇을 공유했을지도 모를 일입니다. 포크를 활처럼 쥔 정원의 손가락이 크레이프 케이크의 맨 윗단을 말아 올립니다. 그다음엔 내가. 다음엔 다시 정원이. 그렇게 한 겹씩 벗기다 보면 언젠가 반드시 바닥이 드러날 겁니다.

실제로 얼마 뒤에 난 기어코 정원의 앞에서 바닥

을 드러내고 말았습니다. 내가 가지고 있는 어두운 구석. 어떤 욕망 같은 거.

당신을 갖고 싶다.

마주친 정원의 눈은 처음으로 내게 설명을 요구하고 있었습니다. 그러나 어떤 설명을 덧붙였어도 그녀는 고개를 끄덕이지 않았을 거 나는 압니다.

다시 한 번 네 안에서

나 얼마 전에 이사 왔잖아. 우리 집 앞에 교회가 하나 있거든 근데 교회 이름이 너랑 똑같은 거야. 나도 네게 늘 기대고, 더 많은 걸 바랬는데 그치. 갑자기 그립다. 나이 먹는가 봐. 나는 종종 돌아올 리 없는 그날들을 떠올리면서 잠을 자. 혹시 꿈에서라도 너와 손잡고 다시 그 동네를 걸을 수 있을까 봐. 그때 우리는 참 어렸지 영아 잘 지내? 나는 그럭저럭 지내. 있지. 이번 주에는 교회를 갈까 봐. 그냥 행복하게 해달라고 다시 한 번 네 안에서 기도하고 싶어서.

다시는 탈 일 없는
버스의 경로를 아는 거
쓸쓸한 일이다

오늘은 널 바래다주던 곳에서 다른 사람을 배웅했다. 그래서 아무것도 적질 못하고 너의 동네로 가는 버스의 등만 하염없이 봤다. 다시는 탈 일 없는 버스의 경로를 아는 거. 쓸쓸한 일이다.

가까워지는 줄 알았던 날들이
때론 멀어지기 위한 과정이었단 사실
그땐 몰랐다

글을 쓰다 보니 카페에서 데이트를 하는 경우가 많다. 나는 계속 쓰고, 애인은 계속 읽는 거다. 그러다 보면 그 시간 동안 나누는 이야기들이 글이 되기도 하고, 특별한 의미를 갖게 되기도 했다. 꼭 일기처럼. 문득 지난 글들을 읽어 보면 언제, 어디에서, 무얼 먹었는지, 어떤 노래가 나왔는지, 애인이 어떤 옷을, 어떤 표정을 짓고 있었는지, 그때의 우리는 왜. 따위가 생생히 떠오르곤 하는 거다. 오늘은 메모장을 뒤적이다가 이런 문장을 발견했다.

멀어진 것은 작아진다더라.

어느 날엔가 테이블 너머에 앉은 애인이 비행기를 보고 다가오는 걸까 물었다. 아마 별 뜻 없는 말이었을 거다. 가까워지는 것은 잘 보이기 마련이라서 나는 비행기보다 말을 하는 애인의 가지런한 속눈썹을 먼저 봤을 거다. 어찌나 긴지 눈동자에 그림자가 드리울 정도였지. 그다음엔 촘촘한 세로줄이 향한 곳을 눈으로 쫓았을 거다. 누군가는 비행기가 날아가면 엄지와 검지로 그것을 잡아먹는 시늉을 한다더라. 먼 옛날에 들은 기억이 있다. 천 대의 비행기를 삼키면 사랑이 이루어진다고. 하늘을 향해 손을 뻗을까 고민하는 사이에 비행기는 우리가 앉은 테이블을 지나 아득한 곳으로 멀어졌을 거다. 어쩌면 삿뽀로, 어쩌면 텐진, 어쩌면 암스테르담, 어쩌면 샌프란시스코를 향해서. "멀어지는 것은 작아진다더라." 그때 애인이 불현듯 말했다. 그것은 암스테르담으로 떠나는 비행기의 항로만큼이나 낯선 문장이었다. 뭐랄까. 삼키면 안 될 것을 삼킨 것처럼 울대가 뜨끈하게 달아오른다. 비행기를 삼킨 적도 없는데 나는 왜. 가까워지는 줄 알았던 날들이 때론 멀어지기 위한 과정이었단 사실 그땐 몰랐다.

나는 안다
사실 문은 내 미련 때문에
닫히지 않은 거다

어지간해선 운전을 선호하지만 술 약속이 있는 날엔 어쩔 수 없이 전철을 이용한다. 날이 덥거나 추운 날 대중교통을 이용하는 거 참 고역이다. 역까지 15

분은 걸어야 한다면 특히 더. 역에 도착했을 땐 이미 반쯤 녹초가 되는 바람에 약속 같은 거 다 집어치울까 하게 되는 거다. 게다가 1호선을 타고 수원에서 서울로 올라가다 보면 어쩔 수 없이 안양을 지나쳐야 한다. 안양은 윤이 사는 곳이고, 윤은 내게 여전히 애틋한 사람이었으므로 그 사실이 썩 달갑진 않은 거다. 표를 끊고 3-3 앞에 서서 들어올 열차를 기다린다. 영하의 날씨가 자꾸만 앞섶을 여미게 만들고, 펼쳐든 책의 제목이 하필이면 '집착'이다.

내 몸이 허용하는 이상으로 술을 마신 날엔 서울에서 수원까지 내려오는 내내 기절하다시피 해서 잠이 든다. 어지간해선 중간에 깨는 일 없이. 오히려 일어나야 할 때 일어나지 못하는 경우가 더 많았다.

"승객 여러분께 잠시 안내 말씀드립니다. 우리 열차는 출입문 고장 처리로 인해 잠시 정차하고 있습니다. 양해 부탁드립니다."

열차는 안양역에서 한참을 정차해있다가 출발했다. 출입문이 고장 나서, 어쩌구 하는 방송이 나왔지만 나는 안다. 사실 문은 내 미련 때문에 닫히지 않은 거다. 내리고 싶다는 충동을 가까스로 억누른 것은 영하의 날씨와 막차가 주는 대책 없는 쌀쌀함, 그리고 그것보다 조금 더 차가운 윤의 표정이었다. 헤어지자고 말하는 그녀의 얼굴은 단호함 이상의 무언가가 서려있었는데, 그런 얼굴을 하는 사람들은 대게 '그래야만 한다,' 고 스스로 되뇌는 경우가 많았다. 그래야만 한다. 우리는 이쯤에서 그만 만나야만 한다. 나는 당신을 사랑할 수 없다. 윤의 속마음들이, 실체도 없는 것들이 자꾸만 곁에 머무르려 했다. 하. 온몸을 헤집고 다니던 목소리는 조금 뜨거워질 때마다 어김없이 한숨이 되어 나왔다. 하. 윤을 오래도록 잊지 못하는 이유는 아쉬움이다. 마지막에 보여준 그 표정과 말투, 단호함이 보여준 일말의 가능성 같은. 애틋할 수 있는 방법은 중간에 끊어내는 것뿐이라고 했지. 윤아 요즘엔 그 말이 내 삶을 온통 소란하게 한다.

사랑에 관해 생각하다 보면
이상한 기분이 됩니다

며칠 전엔 로즈데이였습니다. 인터넷엔 별별 종류의 장미 관련 상품과 이벤트, 선물 같은 게 넘칠 만큼 올라왔습니다. 발렌타인데이, 화이트데이, 빼빼로데이가 임박할 무렵에도 마찬가지입니다. 인터넷에는 사랑을 증명하기 위한 각종 아이템들이 쏟아져 나옵니다. 남들이 하지 않은 거. 좀 더 새로운, 좀 더 특별한. 좀 더, 좀 더. 인간은 태생이 증명하길 좋아하는 성질을 가졌습니다. 태어난 순간부터 죽는 순간까지 성적, 실적, 명예, 소문 같은 것들로 끊임없이 본인을, 타인을, 감정을 증명하려 하는 겁니다. 그중 가장 보편적으로 증명하지 못해 안달이 나는 것이 바로 사랑입니다. 성적이나 실적처럼 수학적 통계를 내거나 눈에 보이는 값을 매길 수 없기 때문일 것입니다. 사랑. 사랑에 관해 생각하다 보면 이상한 기분이 됩니다. 결코 정의 내릴 수 없지만 어째선지 떠오르는 이름들 때문입니다. 그렇게 많이 사랑한다고 말했는데, 나 분명 그 사람을 사랑했는데, 사랑이 뭔지 설명할 수 없는 아이러니. 대부분의 사람들은 그런 마음으로 살아갑니다. 사랑의 증명에 이토록 집착하는 거, 어쩌면 그런 이유 때문인지도 모르겠습니다. 내 사랑이 특별하다고 믿기 때문에. 혹은 특별해야만 하기 때문에.

어쩔 수 없는 일이란 걸
이젠 압니다

가끔 아끼는 해변에 가면 해가 져서 글자를 구분하기 힘들 때까지 독서를 합니다. 동해의 해는 순식간에 저무는 습성을 가졌습니다. 그래서 방금 읽던 문장의 다음 구절을 종종 놓치게 됩니다. 그럴 때면 별안간에 헤어진 연인의 안부처럼 글자의 행방이 궁금해지지만, 어쩔 수 없는 일이란 걸 이젠 압니다. 궁금한 것들 다 알고 살 수 없단 사실이 나를 어른으로 만듭니다. 밤바다의 수평선 언저리를 보면서 대충 저쯤이 하늘이겠지 짐작하는 마음과 펼쳐진 페이지를 코앞에 두고 뭉그러진 글자를 구분하는 일. 헤어진 연인의 안부를 궁금해하는 일은 늘 어딘가를 먹먹하게 만들곤 하는 겁니다.

당신의 이름을 계속 부른 건
잊지 않기 위해서였다

당신의 이름을 계속 부른 건 잊지 않기 위해서였다. 그러니까 그 시절 함께 듣던 노래라든가 함께 먹은 음식이라든가 함께 걷던 거리, 그 거리에서 나눈 약속 같은 것들을 계속 기억하기 위해서. 당신의 이름에는 그런 힘이 있다. 입술을 동그랗게 만들어야 하는 발음이 연달아 두 개. 그때 사용하는 모든 근육들이 여전히 당신을 기억하고 있었다. 그래서 이유 없이 길을 걷다가도 허공에 당신을 부르는 거다. 윤. 윤. 어떤 날에는 이름이 먼저, 어떤 날에는 함께 걷던 거리가 먼저, 어떤 날에는 다시 이름이 먼저, 어떤 날에는 다시 함께 했던 약속이 먼저. 낯선 나라의 노래 가사처럼 두서 없이 떠올랐다. 그렇게 두서 없이 떠오른 것들을 가만히 들여다보고 있으면, 내가 여전히 당신의 많은 부분을 기억하고 있다는 사실과 당신을 생각하기 위해 오랜 시간을 할애한다는 사실. 그러므로 여전히 나는 당신을 사랑하고 있다는 식의 결론에 도달한다. 그래 난 여전히 당신을 적는 일에 많은 감정을 할애한다. 할애라는 글자는 당신이 버릇처럼 달고 살던 글자였다. 글자를 발음하기 위해 입천장에 닿았다 떨어지는 혀와, '할애'와 '하래' 사이 어디쯤 있는 당신의 발음을 기억한다. 할애는 사랑을 닮았다고. 내가 가진 것을 기꺼운 마음으로 나누는 거니까 한문 표기도 아마 사랑 애(愛)가 맞을 거라고. 혹시 아니더라도 오늘의 할애는 사랑 애로 하자고 말하던 당신의 목소리가 글을 적는 내내 자꾸만 들렸다. 당신이 이 글을 읽으면서 본인의 이름을, 또 할애라는 글자를 계속 발음할 걸 안다. 들리진 않겠지만 상상할 수 있는 발음들 때문에 아마 나는 오늘도 잠을 설칠 거다.

모서리가 많아서
입안을 아리게 하는 글자들

혼자가 되었습니다. 좀 더 정확히 말하자면 지난주 목요일 아침. 삼 개월 정도 만난 애인과 이별했습니다. 여느 날처럼 출근길에 걸려온 전화를 받았으나,

마음만은 여느 날 같지 않았습니다. 간밤에 느낀 서늘함이 여전히 우리 둘 사이에 놓여 있었기 때문입니다. 자꾸만 어떤 예감을 하게 만드는 서늘함. 때론 목소리보다 침묵이 더 많은 걸 대변하기도 한다는 사실 오랜 경험을 통해 압니다. 블루투스로 연결된 차량 스피커로부터 불명확한 목소리가 스며 나옵니다.(여느 때처럼.) 불명확한 소리. 아침마다 명확하지 않은 일련의 신호를 알아듣기 위해 애쓰던 날들이, 그런 불편함을 감수하는 것이 우리의 마음을 증명할 수 있는 일종의 증거라고 믿었습니다. 그러나 그녀는 불명확한 목소리로 내게 이별을 고하고 있습니다. 연애를 하기엔, 그러니까 서로 사랑하고 맞춰 나가기엔 우리 더 이상 어리지 않다는 겁니다. 그만큼의 시간을 내게 할애할 수 없다고. 열정 같은 거 더 이상 타오르지 않는 나이가 되었다고. 나이가 많아서 사랑할 수 없다는 말을 혓바닥 위에 올려놓고 오래 굴립니다. 모서리가 많아서 입안을 아리게 하는 글자들. '할애'는 그녀와 내가 우리였을 때 많이 아끼던 단어였는데, 하필이면 이별의 순간에나 사용하게 되다니. 애석한 일입니다. 관계의 증거라고 믿었던 것들이 자꾸만 목을 조릅니다. 내게 남은 시간을 헤아립니다. 그다음으론 뜨겁게 사랑했던 이십 대의 날들을 돌아봅니다. 앞으로 사십 년은 더 살 텐데. 어째선지 사랑에 할애할 시간이 없다고 느껴지는 건 이십 대가 가진 농밀한 밀도 때문일 거라고 생각합니다. 사랑은 그럴 때 해야 했습니다. 사랑만 있으면 뭐든 할 수 있을 것만 같을 때. 보고 싶은 마음에 두세 시간쯤 아무렇지 않게 달려가는 게 당연하게 느껴질 때. 사랑에도 제철이 있다면 내 사랑의 철은 이미 지나버린 겁니다. 같은 견해를 갖는 게 이렇게 슬플 일인가. 싶었습니다. 그래, 네 말이 맞다. 짧게 대답하고 전화를 끊었습니다. 우리 더 이상 어리지 않아서 사랑할 수 없다니. 그야말로 애석한 일입니다.

그러니까 비가 오면,
우린 서로 생각하는 셈입니다

퇴근하고 서점에 들르기로 했습니다. 어찌 된 일인지 예보에 없던 비가 옵니다. 비가 오는 날에 생각나는 사람이 있습니다. 그 사람이 나를 생각할 걸 알기 때문입니다. 그러니까 비가 오면, 우린 서로 생각하는 셈입니다. 그런 생각을 하다 보니 길을 두 번이나 잘못 들었습니다. 이상한 일입니다. 어지간해선 길을 잘못 드는 일은 잘 없는데요. 이십오 분은 돌아가야 합니다. 도착시간이 늦어진 거 어쩌면 운명인지도 모릅니다. 이런 순간에도 나. 어쩌면 그녀를 만나게 될까. 그런 기대를 하고 있습니다.

사랑하면 안 될 사람
슬프지만 있어요 그거

질투가 나면 좋아하는 거라고 누가 그러대요. 그 얘기를 듣자마자 당신이 떠오르는 게 아, 나도 참 터무니없는 사람을 좋아하게 됐구나 싶었어요. 이제 어쩌죠. 당신은 이미 사랑하는 사람이 있는데. 사랑하면 안 될 사람은 없다던가요? 나는 그 말을 믿지 않아요. 사랑하면 안 될 사람 슬프지만 있어요 그거.

책임지지 못할 다정함은 상처가 되고,
나는 그것을 폭력이라고 부른다

연애를 하면서도 외로움을 느끼는 경우가 많습니다. 그거 혼자서 느끼는 외로움보다 더 고약한 괴로움입니다. 상대방이 나를 사랑하지 않는단 확신이나 곧 닥쳐올 이별, 다시 혼자가 될지도 모른다는 막막함, 시시때때로 고개를 드는 희망 같은 게 수반되는 일이니까요. 이십대의 나는 엉망인 삶을 살았습니다. 불안과 트라우마, 열등감, 외로움, 부도덕한 연애 같은 걸로 점철된 삶. 폐허로 살다 보니 폐허가 된 사람들을 많이도 만났습니다. 그러다 보니 유난히 날 외롭게 하는 사람들을 사랑하는 경우가 많았습니다. 뭐랄까 나를 사랑하지 않는 사람들을 사랑하다 보면 아, 나는 사랑받을 자격이 없는 사람이구나. 하는 생각이 자꾸만 듭니다. 그런 날에는 메모장에 '책임지지 못할 다정함은 상처가 되고, 나는 그것을 폭력이라고 부른다. 우리는 서로에게 폭력을 휘두른 셈이었다.' 같은 메모를 남길 수밖에 없는 겁니다.

나를 물들일 사람을 생각하면,
끝내 권장 시간을 버텨낼 재간이 없는 거다

7분을 우려 마시라고 했다. 레몬이나 캐머마일 티백이 충분히 우려나는 시간일 것이다. 권장 시간이란 말은 우습다. 처음 보는 나의 취향과는 무관하게 '딱 맛있게 우려나는 정도'를 측정해 놓은 수치. 보편적인 것들과는 대부분 맞지 않는 이상한 성질을 가진 탓에 나는 매 분마다 티를 한 모금씩 마셔볼 수밖에 없었다. 조금씩 진해지는 맛과 향기를 느끼면서 생각했다. 차는 연애를 닮았다. 아니 이별을 닮았는지도. 티백을 건져내도 물은 결코 예전으로 돌아갈 수 없다. 티백을 온몸으로 안은 순간부터 이미 돌이킬 수 없어지는 것이다. 1분이건, 2분이건, 7분이건, 30분이건 말이다. 참 이상한 일이다. 연애에도 권장 시간이란 게 존재할까. 적당히 우려낸 뒤에 빠져나갔다면 우리의 연애는 조금 더 완벽했거나 애틋했을까. 물든 것은 취향일 수도 있고 시선일 수도 있고 향기일 수도 있고 깊이일 수도 있다. 확실한 건 차갑게 식은 뒤에도 그 흔적은 여전히 내게 남아 있다는 것이다. 요즘은 그 사실이 못내 견디기 힘들었다. 나를 물들일 사람을 생각하면, 끝내 권장시간을 버텨낼 재간이 없는 거다.

책상 정리는 이별과도
꽤 많은 구석이 닮아있습니다

책상 정리는 이별과도 꽤 많은 구석이 닮아있습니다. 쓸 것과 다시는 쓰지 않을 것을 먼저 나눈 뒤에, 다시 버릴 것과 버리지 않을 것을 나눕니다. 여기서 가장 애매한 물건은 역시 다시는 쓰지 않으면서, 버리지도 않을 것으로 분류된 물건들입니다. 선물 받은 필통과 그 안을 채우고 있는 노란색 연필이 그것에 속합니다. 그것들은 서랍 속에 놓인 채로 일 년이고 이 년이고 숨어 있다가, 때때로 함정처럼 아프게 손끝을 찌를 겁니다. 정리를 끝낸 책상을 가만히 내려다봅니다. 손걸레질도 깨끗이 한 덕분에 먼지 한 톨 없는 게 "나 정말 괜찮아요." 하는 것 같아서 안쓰러운 마음이 듭니다. 아, 나는 꼭 그녀로부터 괜찮아져야만 하는 것인가. 반질거리는 책상에게 물었습니다. 한 달 뒤엔 다시 먼지가 쌓이고 다시는 쓰지 않을 물건과 버릴 물건, 그럼에도 불구하고 버리지 못할 물건으로 지저분해질.

당신의 이름과 나의 이름을
나란히 놓는 겁니다

여자 여(女)와 아들 자(子)를 붙이면 좋을 호(好)가 되듯이 한자에는 두 개의 글자를 붙이면 새로운 의미를 갖게 되는 게 많습니다. 그런 글자들을 보면서 당신의 이름과 나의 이름을 나란히 놓는 겁니다. 우린 어떤 의미를 가질까, 가질 수 있을까 생각합니다. '원망'일까 '그리움'일까 '닿지 않음'이나 '다시 올 수 없는'일 수도 있겠습니다. 혹은 '여전히'거나. 어쩌면 애초에 옆에 붙을 수 없는 글자인지도 모릅니다. 그러니까, 너무 독립적이라 둘이선 아무런 뜻도 파생시킬 수 없는 글자 말입니다.

과거를 과거로 남겨두는 일

커피가 없으면 군것질을 잘 하지 않습니다. 군것질보다는 식사를 선호하기 때문이기도 하고, 삼십 대에 접어들면서는 뭐랄까. 달고 짠 것보다 담백하고 깊은 맛에 더 끌리기 때문이기도 합니다. 그런 이유에서 막대사탕 같은 건 특히나 먹을 기회가 없습니다. 직접 살 일도 없을뿐더러, 다과회나 뷔페에 올라올 일도 잘 없으니까. 먹을 기회보다는 접할 기회가 없다고 적는 편이 더 사실에 가까울 것 같습니다.

내 기억이 정확하다면 처음 있는 일입니다. 누군가 내게 막대사탕을 건넨 것은.

선선한 바람이 불던 봄

석촌호수의 물결들

그 위로 일렁이는 건너편의 가로등 불

만개한 벚꽃

더듬거리면서 겨우 연주한 피아노

맥주를 마시면 살갗으로부터 올라오던

달달한 냄새

"술 마시고 난 다음엔요. 꼭 사탕을 먹어요. 입가심으로."

귓가에 닿은 목소리.

그래서였는지 우린 짧지 않은 연애를 하게 됐고, 막대사탕은 하나의 의미를 갖고서 책상 위에 놓이게 되었습니다. 막대사탕이 단순히 막대사탕이 아니듯이 그것을 깨뜨려 먹는 것도 단순히 깨뜨려 먹는 것이 아니게 되었다는 말입니다. 헤어지고 나서도 사탕은 한참이나 그곳에 놓여 있었습니다. 이제는 미련입니다. 잊고 살다가도 시선이 닿을 때면 어김없이 입안 어딘가가 씁쓸해지곤 하는 겁니다. 이상한 일입니다. 사탕을 보면서 씁쓸한 맛을 떠올리다니. 저거 분명 그런 맛이 아니었을 텐데.

사탕을 먹어치우기로 결심한 것은 그로부터도 꽤 많은 시간이 지난 뒤였습니다. 불현듯 이제 소화시켜 배출해야 할 때가 온 것임을 깨달은 겁니다. 껍데기를 벗기고 알맹이를 마주할 때까지 너무 오랜 시간이 걸렸습니다. 오래 묵혀둔 탓인지 자꾸만 끈적한 것이 껍데기에, 손가락 끝에 묻어납니다. 미련입니다. 그것을 입에 넣고 조금 굴리다가 마침내 깨뜨립니다. 진작 해치웠어야 할 일. 알맹이가 깨지면서 날이 섭니다. 달달한 것이 입안을 온통 건드립니다. 혀를 굴릴수록 아린 것이 그래, 꼭 그녀의 이름 같다 생각합니다. 빨갛고 달고 닿는 곳마다 나를 베어내는. 달고 날카로운 것을 묵묵히 씹어 삼키는 건 언제 해도 꽤나 고약한 일입니다. 이제는 과거를 과거로 남겨두는 일에 익숙해질 때도 되었는데.

코 끝이 간지러운 밤마다
죽을힘을 다해 널 끌어안고

은아 네가 내게 우리 관계는 뭐냐고 물었을 때 말야. 혹시 붙잡아주길 바랐니. 우리가 서로에게 저지른 잘못들 다 없던 셈 치고 다시 사랑한다고 말하길 바랐니. 혹시 내게 조금이라도 확신이 있었다면, 만약에 그랬다면 우린 헤어지지 않았을까. 코 끝이 간지러운 밤마다 죽을힘을 다해 널 끌어안고 은아 널 여전히 사랑한다 속삭일 수 있었을까.

무언가를 씹어 삼키는 거
얹혀서 내려가지 않는 걸
소화시키기 위한 행위입니다

독자들과 함께하는 글쓰기 모임을 진행하게 되었습니다. 그간 집 밖으로 잘 나오질 않았으니 신경 써서 외출을 준비한 것은 썩 오랜만이었습니다. 뭐랄까. 걱정 반 기대 반. 반반의 마음이란 거 어떻게 정의하겠냐마는 지금 느끼고 있는 감정은 딱 그 정도에 가까웠습니다. 좋은 작가이지만 좋은 사람일 수 없다는 사실이 자꾸만 거울을 돌아보게 하는 겁니다. 게다가 장소는 신림. 아, 아직 괜찮지 말라는 어떤 계시 같습니다. 잊을 만하면 신림에서 만나던 사람이 자꾸만 내 삶을 침범하는 겁니다. 마음이 복잡합니다. 신림에 가는 동안 계속해서 단체 메시지를 열었다 닫았다 합니다. 오늘 만나게 될 사람들의 이름을 곱씹으면서 괜찮다고 오래 되뇝니다. 신림에 가까워질수록 걱정 반 기대 반이었던 감정이 요동칩니다. 5번 출구 할리스 커피나, 버스 정류장, 스타벅스를 곁눈질로 살핍니다. 범람하는 과거의 기억들 때문입니다. 다시 사람들의 이름을 곱씹어 봅니다. 무언가를 씹어 삼키는 거. 얹혀서 내려가지 않는 걸 소화시키기 위한 행위입니다. 더 이상 과거에 살면 안 되는 거니까요. 오늘로 돌아와야만 하니까요.

사랑은 어떤 건데요?

한참 눈 보고 얘기해도 어색하지 않고 편안한 거. 끌어안고 있으면 아무 생각 안 해도 좋은 거. 뭐랄까 서로의 품이 딱 맞는 사이즈라는 착각 때문에 몸 한 번 뒤척이지 않고 밤새 잘 수 있는 거. 가끔 내 머릿속이 복잡할 때 어떤 끔찍한 생각들이 나를 괴롭히는지 어렴풋이라도 이해해주는 거. 헤어진 지 일 년도 넘었는데 "작가님한테 사랑은 어떤 건데요?"라는 질문에 계속 너만, 네가 했던 행동들만 생각나는 거. 매일 달고 살던 원인불명의 두통은 좀 나아졌니 여전히 궁금해하는 거. 도무지 끌어안을 수 없는 나의 어떤 구석을 용서하게 되는 거, 나를 둘러 싸고 있는 모든 괴로움들이 꼭 커다란 농담처럼 느껴지는 거, 다시 만나도 거리낌없이 사랑한다고 말할 수 있을 것 같은 내 마음 같은 거. 나도 잘 모르겠어. 지금 내가 어떤 상태인지. 그냥 네가 많이 보고 싶어. 같은 마음.

이대로 영영

어떻게 됐냐는 물음에 끝내 대답하지 못했다. 내 입으로 헤어졌다고 말하면 우리. 진짜로 끝나버릴 것만 같아서. 되돌릴 방법 같은 거 없이. 이대로 영영.

여전히 널 그리워하고 있다고

칠월 칠석엔 견우와 직녀가 만나는 날이라 그걸 숨겨주려고 비가 내린다더라 오늘도 비가 올까 만약에 있지 오늘 비가, 예보에도 없던 비가 오면 말야 나 네게 전활 걸어도 될까? 잘 지냈느냐고 여전히 널 그리워하고 있다고.

사당행은 종종
사랑해로 읽히곤 하는데

가끔 운전을 하지 않고 전철을 이용할 때가 있습니다. 강남이나 동대문, 대학로에 갈 때면 특히. 주차대란에 참전할 자신이 없는 겁니다. 원고 검수를 해야 하거나, 읽고 싶은 책이 있을 때에도 전철을 이용합니다. 볼일은 주로 밤늦게까지 이어집니다. 워낙 집 밖에 나가질 않기 때문에, 일단 외출하게 되면 한 번 나간 김에 많은 볼일을 처리하려고 노력하는 겁니다. 전철을 이용하게 되면 평소완 다르게 시계를 자주 보게 됩니다. 막차시간을 확인해야 하기 때문입니다. 막차시간이란 말. 운전을 하다 보면 잊고 사는 생경한 글자라서 아주 가끔은 막차시간을 넘기는 일도 있습니다. 그런 날이면 꼼짝없이 24시 카페라도 들어가 꼬박 밤을 새워야 합니다. 도심 한가운데에서 고립된 기분으로 글을 쓰는 겁니다. 시계를 봅니다. 거의 막차에 가까운 시간입니다. 오늘은 고립되고 싶은 기분이 영 아니었기 때문에 서둘러 역을 향해 가기로 합니다.

대학로에서 뜨끈하게 술을 마신 날엔 괜히 허기가 지는 기분이 됩니다. 대학로에 남겨둔 몇 개의 추억 때문입니다. 허기가 지는 옆구리를 어루만지면서 역을 향해 갑니다. 혜화에서 사호선을 타고 금정으로, 금정에서 다시 일호선을 타고 수원으로 가야 하는 장장 한 시간 이십분의 길. 아마 내내 허기를 느낄 겁니다.

얼마나 갔을까. 불현듯 지금 앉아 있는 열차가 완행 열차인지, 사당행 열차인지 확인하지 않았단 사실을 깨닫습니다. 사당행 열차는 노선의 끝까지 운행하지 않습니다. 언제나 중간에 멈추는 겁니다. 내가 탄 열차가 사당행 열차란 사실을 알았을 때. 나는 짜증보다 연민을 먼저 느낍니다. 언젠가 내게 사랑한다고 말하던 사람을 떠올린 겁니다.(허기가 집니다.) 지금 탄 열차가 사당행이 아니길 바라는 간절함이 그때의 나를 닮았습니다. 사당행은 종종 사랑해로 읽히곤 하는데, 그거 언제나 끝까지 도달하지 못하기 때문인 거 사람들은 알까요.

2 어떤 밤에는 이유 없이 외로울 수도 있다고

특히 오늘 같이
외로운 글을 잔뜩 써낸 날이면

오랜만에 동네 카페에 왔습니다. 요즘의 내겐 동네라는 글자. 어디에 붙여도 생경합니다. 수원에 살고 있는데, 이곳에서 나고 자라지 않은 바람에 동네에 아는 사람이 단 한 명도 없는 탓입니다. 그런 이유로 동네를 돌아다닐 기회가 별로 없습니다. 어쩌다 찾은 동네 카페에선 언제나 혼자입니다. 혼자 글을 쓰고, 혼자 책을 읽고, 혼자 커피를 마십니다. 혼자 외롭고, 혼자 사랑하고, 혼자 이별을 감내합니다. 카페는 집에서 도보 20분쯤 되는 거리에 있기 때문에 글을 쓰러 오기 좋습니다. 걸어올 때는 글 쓸 거리를 생각하면서, 걸어갈 때는 현실로 돌아갈 준비를 하면서. 같은 느낌입니다. 글에 몰입하는 일은 굉장히 이상한 경험입니다. 실은 글을 쓰지 않는 사람들에게 어떻게 이 감각을 설명해야 할지 아직도 모르겠습니다. 다만 이곳과 그곳이. 그러니까 글을 쓸 때의 감각과 현실의 감각이 매우 다르단 것만 압니다. 그 차이가 너무 커서 작가는 필연적으로 글에 몰입하는 시간과 빠져나오는 시간이 필요합니다. 그러니까 카페를 향해 걸어가는 20분, 집으로 돌아오는 20분은 내게 일종의 완충지대 역할을 하는 겁니다. 흔히 배우들이 티비에 나와 메소드 연기라든가, 역할에 지나치게 몰입하는 바람에 빠져나오기 힘들었다든가. 하는 인터뷰를 하는 것과 마찬가지일 거라고 생각합니다. 특히 오늘 같이 외로운 글을 잔뜩 써낸 날이면 나는 동네 한 바퀴를 더 돌아 꼬박 한 시간을 걷습니다. 이 죽을 것 같은 외로움 결코 현실로 가져가고 싶지 않기 때문입니다.

어떤 밤에는
이유 없이 외로울 수도 있다고

산문집을 준비하면서 어떤 메시지를 전달하고 싶냐는 질문을 받은 적이 있다. 그 질문에 사실은 삶에 지난함에 대해 적고 싶지만, 요즘 세상에 그런 무거운 걸 적어봐야 누구도 읽지 않을 테니. 일단은 외로움에 대해 적고 싶다고 했다. 외로움도 우리가 평생 안고 가야 할 삶의 지난함에 한몫하는 감정이라고 믿고 있으니까. 그녀는 가만히 내 이야기를 듣다가 "당신은 아직 삶에 대해 이야기할 내공이 쌓이지 않았다."고 했다. 그 말에 내심 '당신은 내가 어떻게 살아왔는지 모르잖아.' 대꾸하려다 말았다. 실제로 그랬다. 그녀는 내가 어떤 삶을 살았는지도 모르면서 드러난 면만 보고 나를 판단하고 있는 거다. 그러나 구태여 그녀의 말을 부정하지는 않았다. 그녀는 그렇게 말할 자격이 있는 사람이었다. 그야말로 삶이 지난하다 말할 자격이 있는 삶. 이 자격이란 거, 나와 대화하는 동안에는 어차피 내가 부여하는 것이었으므로 그녀는 나와 대화하는 동안엔 얼마든지 세상 모든 불행을 그런 식으로 치부해버려도 좋은 거다. 나는 삶을 지난하게 만드는 몇 가지 불행을 안다. 대부분의 불행은 과거에 도사리고 있으면서 끊임없이 현재의 삶을 침범한다. 다른 말로 하자면, 그러므로 언젠가는 이겨낼 수 있단 거다. 그럴 희망이라도 갖든지. 그러나 그녀가 가진 불행은 조금 성격이 달랐다. 그녀의 불행은 미래를 향해 있었으므로 살아있는 한 괴로울 수밖에 없다고. 희망이란 거 세상 어디에도 없다고. 사는 내내 되뇔 수밖에 없는 거다. 6월의 어느 밤을 기억한다.

바닷가 앞에 있는 술집
타이타닉이 반복 재생되던 작은 스크린
이름 모를 칵테일
얇게 편 피자
그녀와 나. 그날 나눈 이야기들

그날의 나도 아마 그녀에게 위로의 말을 건네지 않았을 거다. 공허한 소릴 하느니 그녀를 이해하기 위해 노력하는 편이 더 위로가 될 거라고 믿었으니까.

그녀는 가만히 나의 대답을 기다리다가 이번엔 외로움의 어떤 모습을 적고 싶은 건데요. 했다. 그 질문이야말로 내가 기다리던 것이었다. 나는 이 책을 통해 세상에 외로워야 할 이유가 이렇게나 많다고. 게다가 어떤 밤에는 이유 없이 외로울 수도 있다고. 우린 태어난 이상 외로울 수밖에 없는 거라고. 당신만 외로운 게 아니라고. 그런 사람들이 여기. 이렇게

나 많이 모였다고. 말하고 싶다고 했다. 외로운 사람들끼리 서로 안아준대도 결코 맹렬한 속도로 타오르는 불이 되진 못하겠지. 그러나 서로의 체온에 기대어 앉아 긴 겨울을 나긴 충분할 거다. 나는 못내 그렇게 믿고 싶은 거다.

내게서 멀어지는 것들
대부분 낯을 붉혔다

아는 사람들은 알겠지만 나는 운전하는 것을 좋아합니다. 남쪽 끝까지 여행을 갈 때에도 매번 운전을 해서 갑니다. 기차 시간에 쫓기지 않아도 되고, 쉬고 싶을 때 쉴 수 있는 게 좋습니다. 가고 싶은 곳에 편하게 갈 수 있고 숙소를 잡지 않은 날엔 시트를 눕혀 놓고 잠들기도 좋습니다. 한 문장으로 표현하자면 온전히 내 속도에 맞춰 여행할 수 있다는 점이 좋습니다. 대한민국엔 산이 많습니다. 고속도로를 달리다 보면 산의 이름은 몰라도 그 생김새를 기억하게 됩니다. 몸집이 큰 건 지나치기까지 많은 시간을 소모하는 법이라 십 분이고 이십 분이고 지켜보는 수밖에 없습니다. 그러다 보면 사계절의 산이 어떻게 생겼는지. 그러니까, 봄엔 여름엔 가을엔 겨울엔 나무가 어떤 모습을 하는지 그런 걸 알게 되는 겁니다. 나는 겨울 산의 헐벗은 나무를 좋아합니다. 능선을 따라 각자의 모양과 방향으로 뻗은 나무의 그림자를 봅니다. 그런 것들을 눈으로 쫓다보면 엑셀을 밟은 발에 힘이 빠집니다. 더 오래 보고 싶은 마음 때문일 겁니다. 그러면 어김없이 왼쪽 차선으로 나를 앞지르는 차들. 붉은 후미등을 보이며 달려갑니다. 한겨울에 그런 걸 보고 있으면 어쩐지 외로워져서 '내게서 멀어지는 것들 대부분 낯을 붉혔다.' 같은 메모를 하게 되는 겁니다.

네게 닿기 위해 글을 쓰던 날들이
주마등처럼 스쳐간다

'이곳에 주차하시면 청소차 차량 통행이 어렵습니다. 불편하시더라도 다른 곳에 주차 부탁드립니다.'

차 와이퍼에 이런 프린트가 붙어 있었다. 생각도 못했다. 청소차 차량 통행이라니. 얼마나 많은 사람들이 나처럼 '청소차 차량' 이란 단어를 간과하고 살까. 무관심한 것은 응당 잊어버리기 마련이라는 간단한 이치가 나를 아프게 찔렀다. 나를 잊고 살 누군가를 떠올린 거다. 상기시키기 위해 글자를 적는 것도 꽤나 나의 처지를 닮았고. 오늘 아침엔 또 얼마나 많은 프린트를 와이퍼에 걸어야 했을까. 네게 닿기 위해 글을 쓰던 날들이 주마등처럼 스쳐간다.

한 번 부러진 곳은 약해져서 계속 우릴

직업적 특성상 오랜 시간을 책상 앞에 앉아 있어야 합니다. 작업실을 갖게 된다면 의자와 책상은 꼭 세트로 된 것. 앉아서 책상에 손을 올렸을 때 그 높이가 자연스러운 것으로 갖추고 싶었습니다. 마침 동네에서 멀지 않은 곳에 가구거리가 있습니다. 덕분에 처음으로 작업실을 꾸리던 날. 책상과 의자를 직접 눈으로 보고, 앉아본 뒤에 가져올 수 있었습니다. 콘크리트 바닥에 러그를 깔고, 스탠드 조명을 세우고, 책상과 의자를 놓았습니다. 오른편엔 하얀 커튼을 달았고 정면엔 책을 찢어 만든 벽지가 보입니다. 아끼던 의자가 있었습니다. 작업실을 꾸리기 전. 꽤 어렸을 때부터 앉아서 시간을 보내던 의자입니다. 그곳에서 많은 글을 적었습니다. 어쩌면 그 네 개의 다리로 무거운 생각들과 어깨의 짐 같은 것들을 함께 인내한 건지도 모르겠습니다. 의자의 다리가 부러진 건 여느 때처럼 무거운 글을 적던 어느 날이었습니다. 아끼던 의자였으니까 차마 버리진 못하고 다리를 본드로 붙여 테이프로 정성껏 수선했습니다. 그리곤 본드가 마를 때까지.라는 생각으로 의자를 구석에 세워놓았습니다. 근데 다시는 앉지 못하겠더군요. 또 부러질까 봐서요. 의자는 계속 그 자리에 놓여 있는데 내가 아끼던 그때의 의자로는 결코 돌아갈 수 없습니다. 책상과 꼭 맞는 새 의자에 앉아 있으면 하필 한쪽 다리에 테이프를 감고 서있는 의자가 보입니다. 이젠 놓아줄 때가 온 걸 깨닫습니다. 관계는 그런 겁니다. 한 번 부러지면 결코 예전으로 쉽게 돌아갈 수 없는 거. 어쩌면 다시 한 번 나를, 나의 무거운 생각들을, 어깨의 짐들을 함께 버텨줬을 그 의자를 영영 믿지 못하게 되는 거. 나의 한 부분까지 같이 부러뜨리는 거.(예컨대 믿음이라든가 하는) 한 번 부러진 곳은 약해져서 계속 우릴 부러뜨릴 수밖에 없단 사실 나는 부러진 의자를 통해 알았습니다.

남들도 나처럼 가끔 대책 없이
괴롭기도 하고 그러는 거 맞지

날 외롭게 만드는 사람이 너무 많아서 이젠 누가 그리운 건지도 모르겠는 삶을 삽니다. 어젯밤엔 대학동의 좁다란 골목길을 두 시간쯤 걸었습니다. 밤새 통화하며 흘린 목소리들이 사방에 널린 곳. 지켜지지 못한 약속들이 너무 많습니다. 그런 날엔 누구든 붙잡고 묻고 싶습니다. 나 잘하고 있는 거 맞지. 남들도 나처럼 가끔 대책 없이 괴롭기도 하고 그러는 거 맞지. 하고.

견딜 수 있는 한, 견딜 수 있을 만큼
그들이 가진 결핍들을
인내하고 싶은 겁니다

관계에 있어 인내해야 할 것이 있다는 것은 반드시라고 표현해도 좋을 만큼 갈등의 이유가 됩니다. 인내해야 하는 사람. 실은 내게 해당하는 이야깁니다. 살면서 나와 비슷한 사람을 종종 만납니다. 인내해야 할 게 많은 사람 말입니다. 건드리면 안 될 구석이 많다거나, 열등감, 자괴감 같은 네거티브한 감정에 쉽게 흔들린다거나, 주기적으로 잠수하는 성질을 가졌다거나, 말로 다 못할 만큼 예민하다거나 하는. 구태여 그들이 가진 성질을 바꾸고 싶진 않습니다.(누굴 만나도 마찬가지입니다. 있는 그대로 받아들이는 거. 내가 가진 몇 안 되는 장점입니다.) 견딜 수 있는 한, 견딜 수 있을 만큼 그들이 가진 결핍들을 인내하고 싶은 겁니다. 어쩌면 내게 그렇게 행동해주길 바라기 때문인지도 모르겠습니다.

내가 가진 밀도에 굳이 물을 타지 않는 거.
나 같은 사람에겐 중요한 문제입니다.

나는 어두운 사람입니다. 필요 이상으로 자주 깊어지고, 깊어진 만큼 진지해지는 사람입니다. 사람들이 나를 버거워한단 사실을 알지만 굳이 나를 연하게 포장하고 싶은 마음은 없습니다. 에스프레소는 에스프레소일 때 그 의미가 있으니까. 물을 타면 연해지고, 묽어지고, 더 많은 양의 아메리카노를 만들 수 있겠지만 그것은 더 이상 에스프레소라고 불리울 수 없을 겁니다. 내가 가진 밀도를 있는 그대로 인내해줄 사람. 누군가는 에스프레소를 계속 찾는 것처럼. 분명히 어딘가엔 있을 겁니다.

*

그러다 보니 좁고 깊은 인간관계를 맺고 삽니다. 서로가 서로를 인내해야 하기 때문에. 장점이라면 견고함을 들 수 있겠습니다. 단단하게 물린 아귀처럼. 맺어지긴 힘들어도 일단 맺어지고 나면 어지간한 일로는 멀어질 일이 잘 없는 겁니다.

오늘은 후회라는 글자를 보다가

오늘은 후회라는 글자를 보다가 'ㅎㅎ'이 연달아 붙어 있는 단어란 사실을 깨달았습니다. 역시 후회란 거, 마지막에 가서야 하게 되는 거겠죠. 그럼 'ㄱㄱ'은 뭘까 생각했습니다. 후회는 어디서 파생되는 걸까요. 'ㄱㄱ'으로 적을 수 있는 수많은 단어들을 떠올립니다. 그러다가 종래엔 결국 과거에 가서 벽에 부딪히는 겁니다. 과거로 시작해서 후회로 끝이 나는 거. 그러니까, 어쩔 수 없는 일입니다.

둘 사이의 경계는 무척이나 모호해서
어떤 구간에 다다르게 되면
영 감을 잡지 못하게 될 때가 있습니다

살다 보면 누구나 직업적인 나와 인간적인 나에 관한 고민을 할 겁니다. 일반적인(일반화를 별로 좋아하진 않지만) 회사원들이 느끼는 고민의 정도는 잘 모르겠지만, 전문직 종사자라든가 예체능계 종사자들은 특히 심할 겁니다. 무대에서의 나, 그림을 그릴 때의 나, 제복을 입은 나, 대중 앞에서의 나, 글을 쓸 때의 나와 현실의 나는 결코 같을 수 없기 때문입니다. 실은 글을 써보지 않은 사람들이 상상하는 것보다 더 많은 것이 나와 나 사이에 있습니다. 예컨대 직업의식이라든가, 사명감 같은 것들. 도무지 자력으론 건널 수 없는 어떤 강 같은 게 흐릅니다. 글을 쓸 때의 나는 언제나 내가 만든 세상에 과몰입한 상태이기 때문에, 종교적인 표현을 빌리자면 보다 깨달음에 가까운 모양을 하고 있을 겁니다. 그러므로 현실의 나는 글을 쓸 때의 나일 수 없습니다. 내 글을 통해 드러나는 나의 이면도 마찬가지입니다. 글을 쓸 때의 나는 현실의 나일 수 없기 때문에, 독자들은 언제나 나를 오독할 수밖에 없는 겁니다.

그런 의미로 독자들 앞에 서는 건 언제나 괴롭습니다. 그들이 상상한 나에게 매번 지는 일은 아무리 겪어도 익숙해지지 않는 괴로움입니다.(실은 내가 가진 피해 망상이 이 괴로움을 증폭시킨다는 사실을 알고는 있습니다.) 인간 여태현은 자괴감 덩어리입니다. 인간 여태현은 타인을 실망시키는 일에 익숙한 편이라면, 작가 여태현은 타인을 실망시키는 일을 극도로 두려워하는 편입니다. '적어도 글에 있어서 만큼은' 같은 느낌입니다. 마지노선이랄까요. 글에서마저 비난받고 남을 실망시킨다면 인간 여태현은 도무지 살아갈 의미 같은 걸 찾지 못할지도 모르겠습니다. 인간 여태현은 작가 여태현에게 많은 부분을 의지하면서 동시에 질투합니다. 설명하기 어려운 기분입니다. 내가 나를 질투하다니.

아무튼. 둘 사이의 경계는 무척이나 모호해서 어떤 구간에 다다르게 되면 영 감을 잡지 못하게 될 때가 있습니다. 이를테면 일기를 쓰거나 누군가와 메신저를 통해 밤새 대화할 때가 그렇습니다. 분명히 인간 여태현이어야 하는 구간인데 모호한 경계선의 근처까지 다가가는 바람에, 자꾸만 선을 넘을 것 같은 위기감을 느끼곤 하는 겁니다. 한 번은 이런 말을 들은 적도 있습니다. '근데 작가님이랑 얘기하면 뭔가 말로 소설 쓰는 거 같아. 알아? 대화체 소설의 주인공이 돼서 한 줄씩 서로 읽는 거 같다구.' 그래서 요즘엔 메신저로 대화할 때면 ',,,,,'이나 '~~' 같은 걸 과도하게 사용합니다. 이런 가벼움이 나를 인간 여태현으로 남게 만든다고 믿는지도 모르겠습니다.

일일이 잔가시를 골라내느니
차라리 허기를 감수하게 된 나이

생선을 한 젓가락 잘라서 떴는데 잔가시가 너무 많이 보입니다. 8시 45분 무렵의 나는 주로 지쳐있기 때문에, 차마 이걸 다 발라먹을 마음이 들지 않는 겁니다. 연애도 마찬가지입니다. 나이를 먹을수록 점점 생선가시 바르는 일만큼 번거로운 일을 한없이 피하고만 싶은 겁니다. 끈기를 가지고 상대를 설득하거나, 맞춰가는 일보다 포기하는 게 훨씬 쉬운 나이. 일일이 잔가시를 골라내느니 차라리 허기를 감수하게 된 나이. 삶이 영 퍽퍽합니다.

오늘은 누구도
행복하지 않았으면
좋겠단 생각을 했습니다

일일 평균 타자수의 집계를 낼 수 있다면 분명 상위에 랭크될 거라고 확신할 만큼 많은 양의 타자를 칩니다. 컴퓨터건 핸드폰이건 끊임없이 쓰니까. 그 말은 곧 자판이 익숙하다는 뜻이기도 합니다. 어지간해서는 오타를 내지 않는다는 뜻이기도 하고. 오늘은 누군가에게 '행복하세요.'라고 적으려다가 '행뵈하세요.'라고 적고 말았습니다. 어쩌면 진심이 담긴 오타였는지도 모르겠습니다. 지움 버튼을 연달아 누르면서 오늘은 누구도 행복하지 않았으면 좋겠단 생각을 했습니다.

종착지가 없어
도달할 길 없는 그리움이란 거
상상해본 적 있나요

헤어진 애인들도 나를 말할 때 사랑했던 사람이라고 하겠죠. 아니면 실수였다고 하든가. 뭐가 됐든 간에 쓸쓸한 일입니다. 우린 더 이상 함께 할 수 없고, 실은 '우리'란 글자가 함의하는 사람이 은인지, 영인지, 윤인지 아님 다른 누군가인지 모르겠으니까. 좀 더 쉽게 얘기하자면 밤마다 누군가가 애틋하게 보고 싶은데 대체 누굴 보고 싶어 하는지도 모르겠다고. 이런 내 말 이해할 수 있을까요. 종착지가 없어 도달할 길 없는 그리움이란 거 상상해본 적 있나요.

관계는 바닥을 드러낼수록,
요란한 소리를 내면서
서로를 할퀴는 법이니까요

원고를 쓸 때면 주로 작업실이나 동네 카페, 광화문이나 합정엘 갑니다. 욕조가 있는 숙소를 잡고 반신욕을 하면서 글을 쓰는 날도 많습니다. 거의 혼자 작업을 하는 편이고 가끔씩만 타인과 함께 합니다.

여기저기서 조금씩 만들어진 원고는 시냇물이 모여 강물이 되고 강물이 모여 바다가 되는 것처럼, 광안리에서 합일합니다. 첫 책을 쓸 때도 두 번째 책을 쓸 때도 그랬으니 아마 이 책의 마지막장도 광안리에서 작업을 하게 될 거라고 생각합니다.

여기까지 쓰고는 잠깐 커피를 내리러 다녀왔습니다. 커피 내리는 소리를 들으면서 「인어」의 원고를 마감하던 날을 생각했습니다. 그날의 나는 광안리가 내려다보이는 숙소에서 원고 작업을 하고 있었습니다. 출판사 담당자에게 완성된 원고를 보내려다 문득 방안을 먹먹하게 만드는 소릴 들었습니다. 방금 막 반신욕을 하고 나온 탓에 물 빠지는 소리가 요란히 울리고 있는 겁니다. 그 소리는 뭐랄까 컴컴해진 방안을 스산하게 만드는 힘을 가졌습니다. 꼭 하고 싶은 말이 남아있는 것처럼. 물이 빠지고 있는 욕조는 바닥이 드러나면 드러날수록 요란한 소리를 내며 울었습니다. 그거 꼭 연애를 닮았습니다. 관계는 바닥을 드러낼수록, 요란한 소리를 내면서 서로를 할퀴는 법이니까요. 그리곤 이 생각들을 그대로 원고 위에 받아 적었습니다. 「인어」에서 가장 좋아하는 페이지는 마감 직전에 이렇게 적히게 된 겁니다.

꼭 어딘가 돌아갈 구석이
있는 사람처럼

여행자에겐 불편한 텐트도, 한 끼 정도 거르는 것도, 안 자고 계속 글을 써야 하는 것도, 비가 새는 천장도, 옥상에서의 노숙도. 다 낭만일 수 있습니다. 그러니까 육신에 잠깐 머무르는 동안 우릴 힘들게 하는 모든 것들 역시 낭만이라 생각합시다. 여행을 마치는 날까지만. 꼭 어딘가 돌아갈 구석이 있는 사람처럼. 정 힘들면 돌아갈 날짜를 당기면 된다는 마음가짐으로. 그렇게 삽시다 우리.

너도 나도 필사적으로 불행했다

중학생 무렵의 나는 또래 중에 가장 불행한 아이였다. 굴곡 많은 삶은 그만큼 많은 그림자를 가질 수밖에 없단 사실을 너무 일찍 배운 거다. 부모가 이혼하거나 가정 형편이 어려워진 녀석들이 나를 보곤 그럭저럭 힘들단 말을 삼켰다.

그럴 때면 언젠가 인터넷에 유행처럼 떠돌던 사진 한 장을 떠올렸다.'타인의 불행을 보고 행복을 느끼라는 건가요?' 따위의 멘트가 적힌 사진이었다. 기어코 날 말려 죽이려는 동정의 시선에게 당하지 않으려는 방법으로 오히려 처지를 이용하는 쪽을 택했다. 일종의 생존전략이었다. 나름 필사적으로 불행을 벗어날 방법을 갈구한 셈이다.'난 불행해. 난 네가 이해할 수 없는 상처를 가지고 있어. 삶이 괴로워.' 그런 분위기를 풍기고 있으면 종종 동정을 사랑으로 착각하는 이들이 나를 안았다. 불행한 사람이 감히 거부할 수 없는 종류의 온기였다.

그러나 나이를 먹을수록 불행한 사람은 점점 늘어났다. 꼭 안나 카레니나의 한 구절처럼.'행복한 가정은 모두 비슷하다. 하지만 불행한 가정은 저마다 다른 종류의 불행을 가지고 있다.' 사람들은 그것을 증명하기라도 하려는 것처럼 너도 나도 필사적으로 불행했다. 타의로 불행해지는 사람과 자의로 불행해지는 사람. 나도 모르게 불행해져 있는 사람과 불행하다고 착각하는 사람으로 온통 소란했다. 바야흐로 불행의 시대가 도래한 거다. 나의 불행이 더 이상 눈에 띄는 게 아니게 되었을 때. 정체성의 혼란이 찾아왔다. 나의 정체성은 '가장 불행한 사람'이었기 때문에. 두려운 것은 오직 가까스로 얻은 온기를 잃는 것이었다. 그다음부턴 한 오 년을 내리 불행하기 위해 살았다. 불가항력이다. 삶의 유일한 존재의 가치가 '가장 불행한 것의 증명'이라니. 어쨌든 간에 나는 반드시 '가장 불행한 사람'이어야 했다. 그것만이 유일하게 나를 특별하게 만드는 것이었으므로.

그럴 때면 어쩐지 너무 멀리
와버린 거 같다는 기분이 듭니다

소란하지 않은 감정에 관해 생각합니다. 오래 만난 연인의 잔잔함이나 당연함 같은 거. 어쩌면 나, 당신이라면 다시 사랑을 말할 수 있겠다. 같은 마음들. 그런 건 사랑이 아니라고 말할 텐가요. 그렇담 난 태어나서 단 한 번도 사랑해보지 못한 셈일 텐데요. 나는 글을 쓰는 사람입니다. 현실 감각이 떨어지는 사람입니다. 많은 글을 남길수록 현실 세계와 내가 사는 세계 사이에 보이지 않는 틈이 벌어지고 있다고 느낍니다. 게다가 요즘엔 문장이나 글자가 아니면 좀처럼 무언갈 기억하거나, 떠올리기가 힘겹습니다. 망가지고 있다는 확신. 뭐랄까 그럴 때면 어쩐지 너무 멀리 와버린 거 같다는 기분이 듭니다.

Let's make it

주로 집에서 원고 작업을 합니다. 캔들과 스탠드와 노트북이 놓인 작은 책상. 의자에 앉아 오른쪽을 보면 하얀 커튼이, 정면을 보면 책을 찢어 붙인 벽이 있습니다. 어떤 시적 사유가 아니라 정말로 책을 찢어 붙여 놓은 것입니다. 아래쪽엔 만화책이, 위쪽엔 소설 「인어」가, 가운데는 유럽의 기차표와 런던의 전철 노선도 같은 게 잔뜩 붙어있습니다. 나는 이곳에 앉아 지칠 때까지 글을 씁니다. 「인어」도 「우주의 방」도 이곳에서 태어났습니다. 어쩌면 내가 살아온 날들을 소화시키는 공간이므로 거대한 형태의 위라고 표현해도 좋을 것입니다. 한참 글을 쓰다 보면 방 안의 공기는 어느새 후끈하게 달아올라 있습니다. 문틈이나 창문틈까지 단단히 막아놓았기 때문에 아마 산소가 부족한 탓일 거라곤 생각하고 있지만, 방 안에 쌓인 공기의 밀도가 다른 거. 비단 그것 때문만은 아닐 것입니다. 나는 보이는 형태만 가지고 사는 사람이 못 됩니다. 소설가이기 때문입니다. 그렇기 때문에 필연적으로 인간의 형태 외에 살갗을 빙 둘러싸고 있을 기운 같은 걸 믿습니다. 아이러니하게도 내면에 집중할수록 점차 뻗어 나오는 거. 그러니까 지금 이 방 안엔 내가 농밀하게 흩어져있는 셈입니다. 예상하건데 누군가 이 방에 들어온다면 너무 농밀하게 깔린 '나' 때문에 질식하거나, 날 사랑하게 될 거라고 생각합니다. 여튼 그렇게 될 정도로 한참 글을 쓰다 무심코 고개를 들면 언젠가 괴로워하며 썼던 글자들이 어렴풋한 형태로 보입니다. 네, 첫 소설 「인어」 말입니다. 왼쪽에서부터 오른쪽으로 낱낱이 분해된 「인어」를 훑다 보면 오른쪽 끝에 다다를 무렵 반드시 웃음이 납니다. 누군가 그즈음에. "마지막 섹스가 언제예요?" 라는 대사 아래로 "Let's make it!"이라고 적힌 포스트잇을 붙여 놓았기 때문입니다. 내 책에 몰래 포스트잇을 붙여 놓은 사람. 실은 누군지 알고 있었지만 끝내 티 내지 않았습니다. 섹스 한 번에 잃고 싶지 않은 사람이었거든요. 요즘엔 종종 그런 사람들을 생각합니다. 헤어지기 싫었는데도 불구하고 내 곁에 남아있지 않게 된 사람들. 난 여전히 영문을 모르겠습니다. 그들은 왜 나를 떠나야만 했을까요. 그럴 때면 방 안에 공기는 조금 더 무거워집니다. 가끔은 숨을 쉬기 힘들 만큼.

남들과 다르다는 거
가끔은 쓸쓸하다

살다 보면 어떤 깨달음은 종종 깨닮음이라고 적고 싶었다. 나의 한 부분을 표면이 거칠은 어딘가에 비벼 남들처럼 반질하게 만드는 과정이었다. 내가 가지고 있을 모난 부분을 평평하거나, 평범하거나 어쨌든 남들과 부딪히지 않게끔 공들여 갈아내는 과정. 그 묵묵하고 인내심이 필요한 외로운 일을 벌써 몇 년째 반복하고 있다. 어른이 되는 과정이라나. 그렇게 어른이 되면 사람들은 가끔씩만 행복하고 가끔씩만 웃었다. 보편적이고 절대적인 행복이라니. 우스운 일이다. 취향이나 생각 같은 것들이 사회에 필요한 모습으로 획일화되는 거다. 유난히 모난 부분이 많은 사람이 있다. 다시 말하자면 갈아내는 데에 오랜 시간이 필요한 사람. 예컨대 나 같은. 남들과 다르다는 거. 가끔은 쓸쓸하다.

그런 마음으로 살다 보면,
도무지 좋은 글을 쓰지 않고는
배길 수가 없는 겁니다

같은 질문이라도 누가 하는지에 따라 다른 무게를 갖게 되는 경우가 있습니다. 가장 보편적인 비유를 꼽자면 아마 짝사랑하는 사람의 "이번 주말에 뭐해?"라든가, 오랜 연인의 "할 말 있어." 정도가 될 겁니다. 오늘은 "지치지 않고 소설을 쓸 수 있는 원동력이 뭐냐"는 질문을 받았습니다. 독자라든가, 내 글에 별 관심을 갖지 않는 사람이라든가, 소설을 쓰지 않는 사람에게 들었다면 별로 솔직하게 대답하고 싶지 않았을 질문입니다. 아무리 설명해봐야 어차피 이해하지 못할 걸 알기 때문입니다.(그들에겐 이 대답이 완전히 무가치하기도 하고.) 그러나 서두에 예시까지 들어가면서 구구절절하게 설명했듯이, 특별한 사람이 물었기 때문에 그 질문은 특별한 의미를 가지게 되었습니다. 이 특별한 의미란 것을 여러분에게 납득시키기 위해선 먼저 Y가 내게 어떤 사람인지 설명할 필요가 있을 것 같습니다. 나는 그녀의 글을 즐겨 읽습니다. 사실은 SNS에 쏟아지는 모든 글 중에 가장(압도적으로) 좋아합니다. 그러나 애석하게도 Y는 새로운 글을 자주 적지는 않습니다. 그런 바람에 그녀의 문장이 그리울 때면 같은 글을 몇 번이나 다시 읽는 수밖에 없습니다. 그러다 보면, 어느

샌가 Y의 목소리가 문장 위로 겹쳐 들립니다. 글자와 글자 사이 살짝 벌어지는 틈이라든가, 종결어미를 발음할 때 흩어지는 목소리 같은 것 말입니다. 실은 Y의 목소리를 꽤 정확히 기억하고 있습니다. 한때 그녀를, 그녀의 글을 열렬히 동경한 적이 있기 때문입니다. 그러나 앞에 적어두었다시피, 그녀는 새로운 글을 자주 적지 않습니다. 그녀의 말을 빌리자면 삶의 의욕이란 거. 아스팔트에 뿌려놓은 물처럼 증발하고 있기 때문에- 일 것입니다. 그러므로 나는 Y에게라면. 내가 매일 쓸 수 있는(혹은 쓸 수밖에 없는) 까닭에 관해 매우 상세하고 진실되게 털어놓는 수밖에 없는 것입니다. 멈추지 않고 계속 써주었으면 하는 바람에서 비롯된 마음입니다. 내가 가진 단 한 가지 비결은 글을 쓰지 않는 여태현은 아무런 가치가 없다고 자괴하는 것입니다. 그런 마음으로 살다 보면, 도무지 좋은 글을 쓰지 않고는 배길 수가 없는 겁니다.

나는 첫 연애를 고루 태우지 못한 바람에
사는 내내 모난 연애를 반복하는지도
모르겠단 생각을 합니다

몇 년 전인가부터 캔들을 사용하기 시작했습니다. 누군가 캔들워머라는 걸 선물해준 게 인연이 된 겁니다. 사이즈가 큰 캔들워머를 선물 받는 바람에 캔들의 크기도 덩달아 큰 걸 사용하게 되었습니다. 가장 큰 사이즈의 캔들은 한 번 사면 꽤 오랜 시간동안 태울 수 있습니다. 그래서 특히 사이즈가 큰 캔들을 이용할 땐 길을 잘 들여야 한다는 말을 들었습니다. 처음 켜는 날엔 반드시 세 시간을 태워야 한다고. 표면이 평평하게 녹아야 타는 내내 골고루 녹을 수 있다는 겁니다. 이런 얘길 들을 때면, 나는 첫 연애를 고루 태우지 못한 바람에 사는 내내 모난 연애를 반복하는지도 모르겠단 생각을 합니다. 첫 연애. 첫사랑. 사람들이 두 단어에 어떤 기억을 품고 사는지 나는 잘 모릅니다. 분명 행복한 기억을 품고 사는 사람만큼 괴로운 기억을 품고 사는 사람도 있을 겁니다. 가끔은 모나게 구는 사람과 연애를 합니다. 그럴 때면 묻고 싶은 겁니다. 당신도 첫 연애를 고루 태우지 못했느냐고.

장소마다, 날씨마다
제각각의 얼굴을 가진 골목길을
위에서 내려다보는 일

창문 앞에 앉아있는 걸 좋아합니다. 장소마다, 날씨마다 제각각의 얼굴을 가진 골목길을 위에서 내려다보는 일. 신호등의 불이 바뀌는 것을 바라보는 것도 의미는 없지만 괜히 즐거운 일입니다. 창문 앞에 앉는 버릇은 어릴 때 살던 집 때문에 생겼을 겁니다. 오르막 꼭대기에 서 있는 3층짜리 빌라. 안방의 창문을 열면 가까운 곳엔 빽빽이 들어찬 집들의 정수리가, 먼 곳엔 절과 하얀색 도서관 건물이 보이는 집입니다. 멋진 풍경입니다. 그런 풍경을 보고 살다 보면 창문 앞에 앉는 버릇이 생길 수밖에 없는 겁니다. 도서관에 대한 동경도요. 처음 도서관 건물의 문을 열고 들어간 날을 기억합니다. 그때의 나는 창밖 저 멀리 보이는 하얀색 건물의 정체가 몹시 궁금했을 겁니다. 그도 그럴 것이 주안 도서관은 공원과 맞닿아있어 주변이 온통 나무로 가득했거든요. 동경할 수밖에 없는 풍경이었을 겁니다. 어느 날 학교를 마치고 집으로 돌아오던 나는 불현듯 그 건물에 들러봐야겠다고 생각했을 겁니다.(국민학교 2학년 때입니다.) 한참 앞에서 쭈뼛거리다가 '도서관'이라고 적힌 글자를 보고서야 용기를 내서 들어갑니다. 자세히는 모르겠지만 2층 3층을 향하는 계단은 교장실로 향하는 중앙계단을 닮았습니다. 그래서 1층에 있는 열람실의 문을 열었을 겁니다. 그리고 마주한 건 거대한 책장과 수천 권의 책이었습니다.

와.

그때의 나는 몸집이 조그마했기 때문에 책장이 유난히 거대하게 느껴졌을 겁니다. 지금에 와서 회상하자면 경이로움 그 자체였습니다. 어쩌면 수많은 종교인들이 느꼈을 그 감정을 나는 책을 보면서 느낀 겁니다. 그때부터였습니다. 도서관에 틀어박히게 된 건. 요즘에도 가끔 그 동네에 갑니다. 어릴 적에 살던 동네에 가 본 경험이 있으실지 모르겠습니다. 반가우면서도 조금은 이상한 기분이 됩니다. 내 키보다 높던 담벼락이, 전봇대가, 슈퍼마켙이, 미로 같던 골목길들이. 추억 속 그것보다 훨씬 작고 초라하단 사실을 마주해야 하기 때문입니다. 저녁 노을이 질 무렵까지 걷다 보면 반가움보다 쓸쓸함이 조금 더 커지는 바람에 나는 지금껏 주안 도서관을 다시 찾지 못했습니다. 그때 느꼈던 경이로움만은 오래 간직하고 싶기 때문입니다.

어떤 숫자에. 이름에. 시절에
의미를 갖는다는 건 그런 거야

7월 7일 7시 7분엔 사진을 꼭 찍으면 좋겠다고 생각했어. 하지만 알람은 맞추지 않을 거야. 그건 알람을 맞추지 않고 해내야만 의미가 있는 거거든. 나는 7시 7분이 되기 전까지 사진을 찍어야 한다는 사실을 잊지 않기 위해 계속 신경 쓰게 되겠지.

그러다 때를 놓치면?

때를 놓치면 아쉬운 거지. 엄청. 아쉬워할 거란 사실을 아니까 성공했을 때 더 좋은 거 아닐까. 근데 그 사실은 알아야 해. 7월 7일 7시 7분에 사진을 찍지 못하면 물론 많이 아쉽겠지만, 그 아쉬움이 내년 7월 7일까지 가진 않아. 나도 모르는 사이에 어느샌가 사라져버려. 어떤 숫자에. 이름에. 시절에 의미를 갖는다는 건 그런 거야.

3 그렇다면 사랑이라고 되지 말란 법 있겠습니까

그렇다면 사랑이라고
되지 말란 법 있겠습니까

메모를 자주 합니다. 별안간에 떠올라서 적어둔 것은 가끔 지나치게 추상적이라 메모할 때의 내가 어떤 생각을 했던 건지 통 기억이 나질 않는 경우가 있습니다. 어젯밤 열두시 이십일분에 적어 놓은 '꽃이 좋아진다.'는 메모 역시 마찬가지입니다. 지난밤의 행적을 생각하면 메모를 적은 건 아마 야근을 끝내고 집에 막 도착할 무렵이었을 것입니다. 메모의 정체. 말하자면 메모의 앞뒤로 숨어 있을 어떤 의미들을 찾아내기 위해선 메모를 적을 때의 내가 되어야 합니다. 가장 먼저 누구와 어떤 대활 했는지 생각합니다. 그건 많은 메모가 대화로부터 파생된다는 뜻이기도 합니다. 내게 영감을 주는 사람들을 한 명씩 떠올립니다. 내 기억이 정확하다면 어젯밤 그들 중 누구도 내게 꽃에 관한 영감을 주지 않았습니다. 그 다음으론 집에 오는 길에 보았던 풍경들을 떠올립니다. 운전을 하다가 떠오른 것들이야말로 무의식에 가까워서, 계속 상기시키지 않으면 자주 생략된 부분을 잊어버리기 때문입니다. 그다음으론 비슷한 시간에 남긴 다른 메모를, 그다음으론 원고지를, 그다음으론 SNS를 봅니다. 많은 시간을 할애하는 순서입니다.

이렇게까지 하면 대부분의 메모는 베일을 벗고 숨겨진 속 뜻을 내비춥니다. 하지만 끝내 생략된 부분을 떠올리지 못하는 경우도 많습니다. 그럴 땐 될 대로 되라지 하는 심정으로 전혀 새로운 글을 만들어내거나, 싹이 돋을 때까지 잠깐 묻어두기도 합니다. 좋은 메모들은 씨앗을 닮아서 때가 되면 싹을 틔우기 마련입니다. 그런 의미에서 작가는 인내심을 요하는 직업입니다. 글을 적다 보면 필연적으로 막막해지는 순간에 직면하게 되지만. 그렇지만. 묵묵히 그 시간을 견뎌내는 겁니다. '꽃이 좋아진다'는 메모는 잠깐 묻어두기로 합니다. 메모는 생각보다 일찍 싹을 틔웠습니다. 간단히 얘기하자면 이렇습니다. 오늘 점심쯤 애인의 집 근처에서 미팅이 있었습니다. 사무실로 돌아가는 길에 드라이플라워 한 다발을 사다가 애인의 집 문 앞에 붙여 놓았습니다. 아마 어제 적은 '꽃이 좋아진다'는 메모 때문이었을 것입니다. 메모는 글이 되기도 하고, 약속이 되기도 하고, 행동이 되기도 합니다. 그렇다면 사랑이라고 되지 말란 법 있겠습니까.

살다 보면 나를 유난히
다정하게 만드는 사람들이 있습니다

수필을 쓸 때는 다정한 말투를 유지하려 노력합니다. 소설처럼 애써 문장을 수식할 필요도 없고, 복선이나 사회적 메시지, 메타포 같은 것들을 굳이 숨길 필요도 없습니다. 있는 그대로의 나를 보여주는 게 수필의 일이라고 생각하기 때문입니다. 같은 맥락이지만 조금 더 솔직히 말하자면, 글을 쓸 때의 나는 평소의 나보다 조금 더 괜찮은 사람일 거라고 믿기 때문입니다. 그렇게 계속 쓰고 쓰고 또 쓰다 보면, 언제고 글을 쓰지 않는 순간에도 나는 좋은 사람일 수 있을까요. 그럴 수 있을까요. 사실은 내가 다정하게 구는 사람은 그리 많지 않아서 다정한 말투라는 거, 조금 어렵습니다. 그렇다 보니 수필을 쓸 때면 그 몇 안 되는 사람을 옆에 앉혀둔 상상을 합니다. 글을 쓰다가 옆자리를 보다가 합니다. 가끔은 어쩐지 그리운 온기가 느껴지는 것도 같습니다. 오늘은 내가 좋아하던 잠옷을 입은 채로 침대 옆에 걸터앉아 있습니다. 이불을 끌어안고 머그컵엔 따듯한 코코아와 마시멜로우 하나를 띄워 놓고서. 아, 그건 제가 좋아하는 겁니다.

그런 다음엔

있지. 들어봐. 오늘은 이런 생각을 했다.

몇 번이고 이야기하는 겁니다.

살다 보면 나를 유난히 다정하게 만드는 사람들이 있습니다. 그들 사이엔 어떤 개연성도, 공통점도 없습니다. 그럴 때면 아마 우리, 주파수가 잘 맞는 모양이라고. 농담처럼 이야기합니다. 사람과 사람 사이에 흐르는 주파수. 문득 그런 생각이 드는 겁니다.

휴식의 본질에 관해 생각합니다

몇 가지 악기를 다룹니다. 취향이 그런 건지 휴대하기 좋은 악기를 선호해서인지 공교롭게도 다룰 줄 아는 게 전부 현악기입니다. 우쿨렐레, 기타, 바이올린. 한참 연주를 하다 보면 손가락 끝이 아려오는 것들. 오늘은 바이올린을 조율하다가 문득, 음정을 내기 위해 팽팽하게 당겨진 줄이 꼭 긴장을 풀지 못하는 내 모습 같단 생각을 했습니다. 언제나 한계까지 팽팽하게 당겨져서는 날카로운 소릴 내는 꼴이 말입니다. 네 번째 줄을 팽팽하게 당깁니다. 조금씩 조금씩. 그러다 더 당기면 끊어질 것 같단 느낌이 들 때쯤 멈춥니다. 표현하자면 슬슬 한계라는 느낌입니다. 오늘은 한 시간만 켜기로 합니다.

이번엔 반대로 줄을 느슨하게 만듭니다. 현악기를 보관할 때는 팽팽히 당겨져 있던 줄을 적당히 풀어 놓아야 합니다. 그래야만 악기의 넥(코드를 짚는 기다란 부분)이 휘거나 뒤틀리지 않고 오래 온전한 모양을 유지할 수 있습니다. 늘 힘을 주면 그쪽 방향으로 휘기 마련이니까요. 바이올린을 케이스에 얌전히 집어넣으면서 휴식의 본질에 관해 생각합니다. 현악기의 줄을 느슨하게 풀어 놓듯이 팽팽하게 당겨진

힘을 풀고 여유를 갖는 거. 지치지 않고 오래 쓰기 위한 틈. '긴장 풀어. 오늘은 좀 쉬어도 돼.' 쉽게 마음을 내려놓지 못하는 내게 필요한 말입니다.

세상에 중요한 거라곤
오직 개와 나뿐일 거라고
믿고 싶어진다 자꾸만

좋아하는 애의 연락을 기다리는 일은 나까지 자꾸 애로 만든다. 일어나지 않은 일과 일어나지 않을 일과 좋아하는 마음과 단념하는 마음. 나 혼자 오해하고 서운해하는 일이 잦다. 그러다가도 사탕 같은 말 한마디에 다 풀려버리는 거다. 그럴 때의 나는 정말 철이 없어서 세상에 중요한 거라곤 오직 개와 나뿐일 거라고 믿고 싶어진다 자꾸만. 나를 둘러싼 세계가 별거 아닌 모양이 되고, 불행한 일들도 어쩐지 그럭저럭 버틸 수 있게 된다. 대신 나는 그 애의 표정이나 말투, 숨소리 같은 것에 예민해진다. 내 세계를 가득 채운 게 온통 그 애뿐이라서.

그 애에겐 재밌는 친구가 많다. 한번 대화를 시작하면 좀처럼 끊을 수 없을 만큼 말이 많더라. 그래서 그 애는 가끔 날 잊어버린다. 너무너무 좋아하지만 식사 때가 아니면 쉽게 떠올리지 않는 파란 꽃이 그려진 그릇 같은 거랑 비슷하다. 대화에 열중하다 보면 두 시간이고 세 시간이고 나의 존재 같은 거 잠깐 수납장 한편으로 밀어 넣어두는 거다. 그래도 괜찮다. 그 애는 '아직' 날 사랑하지 않으니까. 사랑하게 된다면 달라질 거야. 그런 희망을 '아직' 바라볼 수 있는 거다.

사랑이라니
사랑이라니

나 당신을 많이 좋아해 영이 말했다. 얼만큼? 이불을 끌어올리고 이마에 입을 맞춘다. 이렇게 가까이 누워 있을 때면 그동안 느끼지 못했던 숨소리가 가장 먼저 들린다. 그다음으론 향수냄새에 덮여 있던 살갗의 냄새가, 그다음으론 심장소리가, 그다음으론 그 모든 소리가 나오기 전에 어떤 경로로 영의 몸을 울리게 하는지를 알게 되는 거다. 그녀는 나의 눈을 가만히 보다가 사랑한다는 말이 목 끄트머리에 계속 걸릴 만큼이요. 했다. 좋아하는 감정과 사랑 사이의 경계에 서있는 셈이었다. 오늘 밤을 보내고, 내일 점심을 먹을 때쯤 우린 아마 사랑일 거다. 그런 막연한 기분이 들었다. 사랑이란 글자가 자꾸만 입안에 맴돈다. 사랑이라니. 사랑이라니. 하고.

은이의 추억은
대부분 그런 온도를 하고 있습니다
어깨를 굽히고 팔꿈치를 기대게 되는

비 오는 날엔 종종 합정에 있는 작은 오뎅바가 생각납니다. 반지하에 자리 잡고 있어서 지나가는 사람들의 발을 볼 수 있는 곳입니다. 문을 열고 들어가면 가장 먼저 적당히 데워진 공기가 얼굴에 달라붙어 옵니다. 문의 안쪽과 바깥쪽, 이쪽과 저쪽, 앉아 있는 사람들과 지나가는 발을 명확히 구분 지으려는 듯이. 공기는 나무 문을 사이로 사뭇 다른 밀도를 가지고 있습니다. 문을 닫고 잠깐 그 자리에 서 있으면 등 뒤로는 빗소리가, 눈앞으로는 모여 앉은 사람들의 모습이 보입니다.

오뎅바에 앉아 사케를 마시는 사람들은 유독 다정해 보이는 모양을 합니다. 어깨를 잔뜩 굽히고 팔꿈치는 테이블 위에 올립니다. 한 손엔 사케잔을, 나머지 한 손엔 젓가락을 들고 함께 온 사람의 눈을 지긋이 바라보는 겁니다. 의자와 테이블의 높이는 딱 그 정도로 맞춰져 있습니다. 팔꿈치를 걸치기엔 약간 낮은 높이 말입니다. 그러다 보면 사람들은 저도 모르게 앞으로 굽은 자세를 하게 되고, 또 그러다 보면 점점 얼굴이 가까워지는 겁니다. 그 작은 가게엔 사람들을 다정하게 만드는 힘이 있습니다. 거기 마주 앉아 있는 동안엔 우리도 서로에게 다정했을 겁니다.

은이가 좋아하던 사케와(이름은 기억나지 않습니다.) 떡 구이가 나오면 우린 아마 가장 먼저 사진을 찍었을 겁니다. 인스타그램에 올리기 위해서. 그러니까, 인스타그램에 떡 구이 사진이 올라와 있는 만큼 우린 서로에게 다정했던 셈입니다. 다정함의 상징. 따뜻한 사케가 담긴 주전자를 다정한 목소리와 함께 비웁니다. 그곳에서 나눈 미래와 다정함을 나는 오래 잊지 못할 겁니다. 이 짧은 문장 안에 '다정'이란 글자를 일곱 번. 아니 여덟 번 적었습니다. 내가 가지고 있는 은이의 추억은 대부분 그런 온도를 하고 있습니다. 어깨를 굽히고 팔꿈치를 기대게 되는.

주전자가 바닥을 보일 때마다 새로운 사케를 주문합니다. 이번엔 차게 식힌 사케입니다. 종업원은 주전자와 함께 새 잔을 내놓았습니다. 사케의 온도와 향에 따라, 맛에 따라 어울리는 잔을 써야 한답니다. 은이를 생각합니다. 그녀의 살갗이 가진 온도와 향, 맛 같은 것들을

사랑을 사랑으로 존재하게 만드는

언젠가 애인과 함께 결혼식에 간 적이 있다. 식을 보는 내내 꼭 잡은 손이 유난히 따듯했다고 말하던 애인의 표정. 오래 지났어도 여전히 생생하다. 근데 난 그날 다른 곳에서 따듯함을 느꼈다.

연회장에서였다. 각자 먹을 걸 접시에 담아가지고 오는데, 손에 숟가락 젓가락이 두 벌씩 있는 거다. 나에게도 애인에게도. 이런 따듯함이 좋다. 서로를 생각하는 마음 같은 거. 사랑을 사랑으로 존재하게 만드는.

봄은 좀 어때?

컴퓨터로 타자를 칠 땐 어지간해서는 오타를 내지 않는다. 가끔 나는 오타에 더 신경이 쓰일 수밖에 없단 소리다. 지금 낸 오타에 뭔가 특별한 의미가 있을 거라고 믿고 싶은 마음 같은 거.

오늘은 메시지를 보내려다가 뜬금없는 오타를 내고 말았다.

"봄은 좀 어때?"

몸은 좀 어떠냐고 물어보려다가 난 오타였다. 계절이 오타를 꽃처럼 피게 했다. 나의 봄은 좀 아프네요. J가 말했다. 꽃 피는 봄이 온 거다. 입술 닿는 곳마다 빨간 꽃이 피는.

그런 사람은
도무지 사랑하지 않고는
배길 수 없는 거다

가끔 단체 메시지창에 "오늘 달이 예뻐요."같은 다정한 말이 올라온다. 그러면 그제야 사람들은 하나둘 달 사진을 찍어서 올리는 거다. 나도 괜히 내 시선을 보여주고 싶어 카메라를 켜고 달을 찍어본다. 빛이 번지는 바람에 좀처럼 제 모양대로 나오질 않는다. 한참을 공들여 찍어야만 제대로 된 달 사진을 찍을 수 있는 거구나. 싶었다. 달 사진을 찍기 위해 노력하는 것도, 예쁜 달을 발견한 것도, 타인에게 전하려는 마음도 하나같이 따뜻했다. 그런 이유에서인지 올라오는 달 사진들을 가만히 보고 있으면 다른 단체 메시지창에도 그 다정함을 전하고 싶어진다. 내가 아는 다정함들은 이런 식으로 옮아가는 성질을 가졌다. 따뜻함이 또 다른 따뜻함으로. 그중 가장 다정한 것을 꼽자면 이런 경우다. 누군가는 손톱 같은 달의 모양만 보고서도 이게 차오르는 중인지 비워지는 중인지 단번에 알았다. 이유 있는 앎. 그런 세심한 다정함이 좋다. 그 사람은 분명히 어제의 달도 그제의 달도 꾸준히 지켜보고 있었다는 뜻이니까. 관계도 비슷하다. 나의 표정을 보고 어느 쪽으로 기울어 있는지 알아보는 그런 사람은 도무지 사랑하지 않고는 배길 수 없는 거다.

애인의 눈을 한참 바라보다가
나도 모르게 자꾸만
사랑한단 말이 비집고 나올 때

증명할 수 없는 것들을 증명하기 위해 괴롭던 시절이 있었습니다. 주로 사랑이나 애정의 척도, 상대방이 내게 가졌을 감정의 진위 여부 같은 거 말입니다. 지금에야 증명할 수 없는 거 세상에 널렸단 사실을 알지만, 그 무렵엔 누구나 그렇듯 절대적인 감정의 계량이 불가능하단 사실을 인정하는 게 불가능했습니다. 그걸 인정해버리면 앞으로 만날 모든 사람들의 사랑을 의심할 것 같았기 때문일 것입니다. 적어도 감정이 다다르는 일정량을 충족시켜야만 사랑이건 증오건 질투건 욕망이건 타오를 수 있다고 믿던 때. 역치라는 단어를 모르던 시절. 나는 사랑의 역치가 높은 사람이었습니다. 다시 말하자면, 남들보다 더 큰, 더 많은 사랑을 수용할 수 있는 사람이었습니다. 어느 날엔 너무 사랑해서 이유 없이 죽을 수도 있을 것 같았습니다. 나는 날마다 죽는데, 애인은 아무렇지 않게 살아서 함께 있을 때 더 외롭단 말을 신앙처럼 외우고 다녔습니다. 외로움이 일종의 운명이라고 믿고 싶었던 모양입니다. 내가 가진 사랑의 기준이 보편적으로 통용되지 못한단 사실을 이해하기까지 너무 오랜 시간이 지났습니다. 요즘엔 기준에 관해 생각합니다. 사랑이란 감정에 다다르기까지의 기준. 명확히 설명하긴 어렵지만, '애인의 눈을 한참 바라보다가 나도 모르게 자꾸만 사랑한단 말이 비집고 나올 때.' 나는 사랑이 임박했음을 실감하곤 합니다.

작가라면
글을 써야 합니다

나무를 자주 올려다봅니다. 그러다 보면, 자주 걷는 거리의 나무들은 아는 사람만큼이나 친숙하게 느껴집니다. 새순이 돋고 꽃이 피고 다시 잎을 떨구는 일련의(일 년의 라고 읽으셔도 좋겠습니다.) 과정을 지켜보면서 나는 지켜야 할 도리 같은 걸 생각합니다. 작가라면 글을 써야 합니다. 새순이 돋고 꽃이 피고 지는 것처럼 원고지 위에 뿌리를 내렸으면 응당 그래야만 하는 것입니다. 나뭇잎은 반반의 마음을 가졌습니다. 볕이 닿는 부분과 그림자가 지는 부분. 어쩌면 그건 날 닮았습니다. 밝게 조명되는 글 뒤엔 언제나 그늘진 마음이 있습니다. 저 잎은 겨울이면 떨어질 겁니다. 그러나 슬퍼하지 않습니다. 제 할 일을 모두 끝냈기 때문입니다. 나는 더 이상 새순이 돋지 않는 날까지 글을 쓸 겁니다. 원고지 위에 뿌리를 내렸으면 응당 그래야만 하는 것입니다. 우리의 존재 이유 말입니다.

나는 그 광경을 보면
자꾸만 누군가에게
다정하게 굴고 싶어진다

3년 전 7월. 2호선 막차를 타고 집에 귀가하던 길이었다. 의자에 앉아 반쯤 졸았다가 깼다가를 반복하고 있었는데, 문득 이런 방송이 들리는 거다.

– 안녕하십니까. 여러분은 지금 신도림행 마지막 열차를 탑승하고 계십니다. 저는 이 열차를 운행하고 있는 기장. 김 아무개입니다. 오늘도 지치고 고단한 하루가 되셨을 거라고 생각합니다. 최대한 빠르고 안전하게 승객 여러분을 목적지까지 모시기 위해 최선을 다하겠습니다. 우리 열차는 지금 한강 위를 지나고 있습니다. 한 번씩 창밖을 봐주시기 바랍니다. 감사합니다.

그러자 핸드폰을 만지던 사람도, 고개를 푹 숙이고 졸던 사람도 일제히 고개를 들어 창밖을 본다. 한강의 사진을 찍어 누군가에게 전송한다. 아마 '한강이 참 예쁘다.' 같은 메시지를 첨부했을 거다. 창밖엔 한강의 야경이. 안쪽엔 따듯한 유대감이. 아, 나는 살면서 이렇게 다정한 광경을 본 기억이 별로 없다. 그는 여전히 세상을 따듯하게 만들고 있을까. 조심스런 마음으로 바라본다. 나는 세상을 따뜻하게 만드는 사람과는 거리가 머니까. 이렇게라도 세상이 따듯함을 유지하기를 바라야 하는 거다. 그 후로도 종종 전철을 이용한다. 그날의 여운 때문인지 한강을 지날 때면 창밖의 풍경을 찍어 사랑하는 사람에게 보내는 버릇이 생겼다. 여전히 2호선은 한강 위를 건넌다. 생각보다 많은 사람들이 고개를 들어 창 밖을 바라보고. 나는 그 광경을 보면 자꾸만 누군가에게 다정하게 굴고 싶어진다.

느린 템포의 목소리는
귀부터 심장까지 도달하는 데에
꼬박 0.5초 정도가 소요된다.

일 때문에 교보문고 본사에 방문했다. 요즘엔 출판 단지에 방문할 일이 종종 생겨서 몸에선 책 냄새가 난다. 이젠 제법 작가티를 내려는 모양이다. 따뜻한 아메리카노 한 잔을 들고 로비에 앉아있는데 여직원이 말을 걸었다. 혹시 전화 주셨느냐고. 나는 말의 템포가 느린 사람에게 약하다. 꼭 0.8배속으로 재생한 것처럼 조금 늘어지는 말투. 그런 걸 듣고 있으면 온몸을 조이고 있던 긴장이 느슨하게 풀어지면서 그제야 숨어있던 인간적인 면이 슬그머니 고개를 드는 거다. 느린 템포의 목소리는 귀부터 심장까지 도달하는 데에 꼬박 0.5초 정도가 소요된다. 그녀의 눈을 보면서 전화번호를 몰라 못 걸었으니 번호 좀 달라고 대답하려다, 그냥 아뇨.했다. 내 안에 숨어있는 여린 구석을 차마 보여줄 용기가 나질 않았다.

어쩌면 생각보다

점심은 본래 점 점(點)자와 마음 심(心)자를 씁니다. 직역하자면 마음에 점을 찍는다는 뜻입니다. 함께 점심 식사를 한다는 거. 어쩌면 생각보다 조금 더 특별한 의미인지도 모르겠습니다.

사랑에 빠졌다면,
그녀의 표정, 말투, 사소한 변화 하나하나에
미쳐버릴 것 같다면

애인의 이야기를 글로 담는 일은 종종 있었으나 누군가 나를 뮤즈 삼을 일은 결코 없어서 그녀가 나와의 대화를 노래로 만들었단 얘기를 들었을 때 그런 표정을 지을 수밖에 없었던 것이다. 불가항력. 그러니까 지금 난 언을 사랑하게 된 일의 당위성에 관해 설명하려는 거다. 때는 지난 토요일. 장소는 강남의 작은 카페. 시간은 저녁 여섯시를 막 넘긴 무렵이었다. 한 마디로 표현하자면 사랑에 빠지기 딱 좋은 상태였다. 게다가 언은 나의 맞은편에 앉아 뜨거운 아인슈페너를 홀짝이고 있었다. 애써 무심한 태도를 유지하고 있지만 곁눈질로 자꾸만 이쪽을 살피는 게 궁금한 건 어쩔 수 없는 모양이었다. 방금 굳이 애써라고 표현한 이유는 그녀가 짓고 있던 표정에 있었다. 난 언이 가진 몇 가지 표정의 의미를 안다. 무언가에 집중하거나, 궁금해하거나, 화가 나거나, 슬프거나, 옛 애인을 생각하거나, 설렐 때의 표정들. 턱을 살짝 당기고 왼쪽 눈썹을 치켜올린 건 무언갈 궁금해할 때 짓는 표정이었다. 예컨대 나의 동향 같은 거. 그때의 나는 언이 새로 만들었다는 곡을 네 번째 돌려 듣고 있었다. 우리 둘이 아니라면 누구도 눈치채지 못할 은밀한 비밀 하나를 공유한 기분이었다. 내가 흘린 말들에 멜로디가 붙어 새로운 높낮이를 갖게 되다니. 높낮이는 생기였다. 심장 박동이나 씨앗의 발아, 새잎을 틔우거나 열매를 맺는 것 같은 봄의 생명력을 닮았다. 이어폰으로부터 흘러들어오는 멜로디엔 그만한 생명력이 담겨있었다. 내 안에서 무언가 발아하지 않고는 배길 수 없게 만드는 그런. 그러므로 나는 그녀를 사랑할 수밖에 없는 것이다. 언이 내게 노래를 들려주었으므로. 언이 나의 이야기를 노래로 만들었으므로. 우리가 그런 대화를 나누었으므로. 토요일 여섯시 강남 카페에서 저녁시간을 보냈으므로. 뜨거운 아인슈페너를 마셨으므로. 경양식 돈까스를 함께 먹었으므로. 하필 바다를 연상시키는 파란색 와이셔츠를 입었으므로. 시계의 분침이 2분 일찍 맞춰져 있었으므로.

사랑은 그렇게 시작되는 거다. 영문모를 조건들이 합일할 때에 비로소 기적처럼. 그것이 연애가 어느 하나 명확하게 설명하지 못하는 이유다. 때론 내가 모르던 나의 모습을 발견하기도 하고, 어느 날엔 영 이해할 수 없는 결과를 도출하기도 하며, 무조건적인 사랑, 강박적인 질투와 집착, 괴로움, 외로움, 우린 끝났구나 하는 운명적 신호까지. 그 모든 모호함을 명확히 설명할 단어가 사랑에 빠진 사람에겐 결코 허락되질 않는 거다. 그런 맥락에서 완전히 안다고 생각했던 언의 표정을 자꾸만 다시 읽게 되었다. 입꼬리의 의미를 두고 여러 가지 가능성을 염두에 두는 건 사랑에 빠진 사람이라면 피해 갈 수 없는 일이었다. 언의 입꼬리는 긍정이었다가 부정이었다가 의미 없음이었다가 의미 없음이 가지는 부정이었다가 다시 사랑이었다가 했다. 현아. 하고 부르는 목소리도 마찬가지였다. 언의 목소리는 어느 계절에도 오래 머무르질 않았다. 그녀의 말을 빌리자면 감정 기복이 심한 탓이라고 했다. 봄 같은 생기와 여름 같은 열정과 가을 같은 쓸쓸함과 겨울 같은 차가움을 날마다 몇 번씩. 마음 내키는 대로 오갔다. 그건 나를 자꾸만 나이 들게 하는 일이었다. 오래 산 사람이 으레 그렇듯 나는 곧 안정적인 관계를 원하게 되었다. 이건 내가 오늘 밤 언에게 고백하려는 것의 당위성이다. 사랑에 빠졌다면, 그녀의 표정, 말투, 사소한 변화 하나하나에 미쳐버릴 것 같다면 응당 그래야만 하는 것이다.

누군가와
광안리 바닷가가 보이는
커피스미스에 앉아
한 시간쯤 바다를 본 일이 있다

서른의 경계를 지나면서 점차 말수가 줄었다. 아, 오늘은 '서른'에 대해 이야기하려는 게 아니라 그쯤의 내가 처해있던 상황에 대해 말하려는 거다. 스물아홉 무렵의 나는 하루 최소 여섯 시간에서 열 시간씩 강연을 했다. 글쓰기에 대한 강연은 아니었고, 실은 보험사에서 회사 내 강연을 했었다. 화술부터 상품까지. 선천적으로 말을 잘 하게 태어난 데다가 책까지 끌어안고 살았으니 말을 하는 직업을 가진 거 어쩌면 필연이라고 할 수 있겠다. 그렇게 '말'을 업으로 삼게 되었다. 그 해 겨울엔 첫 소설 인어를 발표했고, 동시에 보험사 강연에서 글쓰기 강연으로 자리를 옮겼다. 서른에는 더 많은 강연을 했다. 좋아하는 것에 대해 떠들다 보니 자연스럽게 그렇게 되었다. '제로투원'이라는 소모임 플랫폼을 만들어 동료 작가들과 함께 일주일에 5일은 강연을 했다. 그렇게 이 년간 목을 쓰다 보니 슬슬 한계라는 느낌이 들었다. 조금만 무리를 하면 금방 목이 나가버려 강연을 제대로 할 수 없을 것만 같았다. 그때부터였다. 말수가 급격히 줄어든 건.

앞서 말했듯이 나는 말을 꽤 잘 하는 사람이다. 공

적인 자리에서는 물론이고 사적인 자리에서도.(말수가 줄어든 지금도 여전히.) 그러다 보니 자연스레 말이 많을 수밖에 없었다. 게다가 나는 대화와 대화 사이사이에 놓이는 그 '침묵'이 못 견디게 싫었다. 그 어색함이란. 그래서 요즘엔 사람을 사귈 때 침묵해도 어색하지 않은 사람을 선호한다. 아니면 내가 굳이 대꾸하지 않아도 꿋꿋이 떠들어줄 사람이나. 얼마 전엔 별로 친하지 않던 누군가와 광안리 바닷가가 보이는 커피스미스에 앉아 한 시간쯤 바다를 본 일이 있다. 별 대화를 나누진 않았지만 그 여유로운 분위기가 굉장히 편안해서 부쩍 우리 가까워지고 있구나. 그런 기분이 들었다. 처음 겪는 일이다. 서로에 대해 잘 알지도 못하면서 침묵이 편안하단 이유 하나만으로 이런 유대감을 느낄 수 있다니.

*

실은 말수가 줄어든 이유가 한 가지 더 있다. 글이다. 글만 쓰고 살다 보니 내가 떠드는 모든 말들이 연필로 휘갈겨 쓴 초고처럼 느껴지는 거다. 퇴고할 수 없는 괴로움이라니. 생경한 일이다.

핑계

어쩐 일이야 오빠 이 시간에
응 운전하는데 앞 차 번호판이 당신 핸드폰 번호
뒷자리랑 똑같은 거 있지 그래서 전화했어
참내 핑계는 그냥 보고 싶었다고 해주면 안 되니

그런 생각을 할 때면
둘도 없이 가깝게 느껴지는 거다
이 사람이

요즘 내가 가장 관심을 기울이는 사람을 꼽자면 아마 홍일거다. 그와는 늘 흥미로운 대화를 하게 되었는데, 그게 우리가 글을 쓰다 만난 사이라서 그런 건지, 둘의 성질이 원래 그런 건지는 잘 모르겠다.(혹은 둘 다일 거다.) 어쨌든 흥미로운 대화란 예컨대 이런 거다. "옛날이란 얼마의 기간을 설명하는 단어인가." 홍은 뜬금없이 이런 소릴 하길 좋아한다. 나도 마찬가지고. 한번 시작된 대화는 불문율처럼 끝에 가선 반드시 글로 맺게 되는데, 이게 꼭 마침표 같아서 글로 써내지 않고는 도무지 찝찝해서 대화를 끝낼 수가 없는 거다.

– 단군을 설명하기엔 얕고 작년을 말하기엔 벅차고

– 그 간극을 오가는 섬세한 단어란 거다.

– 옛날은 옛날 통닭이고.

– 옛날 옛적의 배추도사 무도사이기도 하고.

– 옛날 얘기를 들려주던 나의 도사님들조차도 결국은 다 이미 지난 옛날인데

– 그런 것들을 가늠하고 있노라면 나는 어디를 살아가고 있는지.

어젯밤엔 홍의 문장들을 읽으면서 괜히 우리의 첫 만남을 생각했다. 아마 비가 왔기 때문에.

3년 전 강남에서 진행한 글쓰기 모임에서였다. 나를 놀라게 만든 문장들 몇 가지를 떠올린다. 여전히 뇌리에 강렬하게 남아있는 문장들. 그간 서로의 문장을 얼마나 많이 읽었는지, 이미 객관성을 잃었다 서로에게. 그 사이 몇 개의 문장이 더 올라온다. 꼼꼼히 읽고 뒤를 이어 붙일 작정이다. 그의 말을 빌리자면 3년은 옛날이란 글자로 수식하기엔 아직 벅찬 시간일 거다. 그러나 나는 안다. 먼 훗날 우리의 처음을 돌이켜 회상할 때. 옛날이란 단어를 붙이게 될 순간까지도 우린 함께 글을 쓸 거다. 그런 생각을 할 때면 둘도 없이 가깝게 느껴지는 거다 이 사람이.

필름 카메라는 항상
무언가가 남잖아요

회사 컴퓨터에 Shift 키가 잘 눌리지 않는다고 했다. 그녀의 말을 빌리자면 꼭 클래식 피아노 같이 힘을 주어야 할 정도라고. 나는 민정의 메시지를 읽으면서 언젠가 즐겨 치던 건반의 묵직함을 떠올렸다. 디지털 피아노가 갖지 못한 무게에 대해서. 먼 과거의 일이다.

'이다가 박에 나가서 달을 직으려구요'

그 완성되지 못한 메시지를 읽으면서 얼마 전 퇴근길에 충동적으로 사버렸다던 필름 카메라를 떠올렸다. 그걸로 달을? 아마 선명하게 나오진 않겠지만 디지털 카메라가 담지 못할 어떤 감성 같은 걸 담을지도 모르겠단 생각을 했다. 민정은 그런 사람이었다. 모자라거나 선명하지 못한 것까지 그럴듯하게 만드는 종류의 사람. 그녀가 찍은 사진들도 마찬가지였다.

언젠가 민정의 방에서 색이 빠지다 만 것 같은. 그런 색감의 사진들을 본 적이 있다. 빠져나간 색은 그녀가 가진 일종의 개성이었다. 모자란 것이 주는 끌림. 결핍의 미학. 채우고 싶단 욕망을 자극하는 어떤 구석. 가끔 'ㄲ'이나 'ㅆ'이 'ㄱ'이나 'ㅅ'으로 적혀 있어도 어색하게 느껴지지 않는 이유는 바로 그곳에 있었다. 그때의 나는 사진이 쏟아져 있는 책상 앞에 멍하니. 그러니까, 민정을 등지고 서 있었다. 쏟아진 사진들을 한참 내려다보다가 고개를 돌려 민정을 본다. 등을 돌리고 선 그녀의 어깨와 올려 묶은 머리칼, 검은 폴라티 위로 삐져나온 잔머리들을. 내 기억이 정확하다면 그녀는 필름을 들여다보고 있었다. 인화되지 않은 필름을 눈앞으로 바짝. "디지털 카메라는 신중해지지가 않아요. 기다리는 맛도 없구요. 게다가, 버튼 한 번에 삭제되는 것이 나는 싫어요. 필름 카메라는 항상 무언가가 남잖아요." 민정이 말했다. 여전히 필름에 집중한 채로 였다. 한 번도 그렇게 가까운 거리에서 필름을 본 적이 없었으므로, 그녀가 보고 있는 것이 정확히 어떤 건지 알 도리가 없다. '무언가가 남잖아요' 글자들을 혓바닥 위에 올려놓고 천천히 굴렸다. 각진 곳이 많아 자꾸만 입안이 쓰렸다.

'오늘은 별로 에브지 않은 달이 덧네요'

창밖을 보니 보름달도, 반달도, 하현달도, 상현달도 아닌 달이 떠 있었다. 나는 결코 그 달에 이름을 들어본 기억이 없다. 보름달보단 마르고 반달보단 넘친 달. 뭐랄까. 아무도 사랑하지 않을 것 같았다. 꼭 나처럼.

'이름이 뭘가요. 궁금해. 내가 퇴근하고 예브게 직어서 보여줄게요.'

적어도 소설을 쓰는 순간의 나는
그 사랑이 형태를 가지고
이 공간에 실재한다고
믿어야만 하는 것입니다

밤에 서울을 달리다 보면 어지간해선 꼭 한강을 지나게 됩니다. 난 한강의 야경. 그러니까 도로 위의 풍경을 좋아합니다. 도로의 끝이 밤의 지평선에 삼켜지고, 앞선 차들의 후미등이 일정한 빠르기를 가지고 내 앞을 지날 때. 나란히 선 가로등이 꼭 별자리처럼 빛날 때. 나는 이런 생각을 합니다. 앞으로 한 오백 년쯤 뒤에 우주여행을 하게 된다면 꼭 이런 풍경이겠다. 같은.

밤하늘엔 눈으로 식별하거나 타고 달릴 길이랄 게 없어서(비행이란 단어를 사용하기 위해선 물리적인 길을 벗어나 공간을 유영해야 하므로) 가로등이나 별자리를 닮은 구체로 항로를 표시하고, 밤의 한강 도로를 닮은 활주로를 따라 달리다가 마침내 날아오르는 겁니다. 이런 생각을 하다 보면 문득 소설가의 일이라는 것에 대해 다시 한번 상기하게 됩니다. 사랑이나 사랑, 혹은 사랑 같이 형태 없는 감정의 존재를 마치 종교적 사명처럼 믿어야 하는 일에 관해서 말입니다. 의심하지 말지어다. 적어도 소설을 쓰는 순간의 나는 그 사랑이 형태를 가지고 이 공간에 실재한다고 믿어야만 하는 것입니다. 그 믿음이야말로

이 어둡고 먹먹한 무중력의 공간에서 유일하게 빛나는 지표인지도 모르겠습니다.

그녀가 어떤 부분에서
모서리를 접고 싶었는지
못내 궁금한 거다

영에게 빌린 책. 중간중간 줄이 쳐져 있는 페이지와 모서리만 접힌 페이지들이 많았다. 모서리가 접힌 페이지는 꼭 두 번 읽게 된다. 그녀가 어떤 부분에서 모서리를 접고 싶었는지 못내 궁금한 거다. 그런 구석들을 다 알고 나면 그녀와 조금 더 가까워질 수 있을 것도 같았다.

우리 사이에 더 많은 시간이 놓이기 전에
미처 공유하지 못하고 스쳐 지나갈
삶의 면면이 켜켜이 쌓이기 전에

오래 알고 지낸 현지라는 친구가 있습니다. 처음 만난 날부터 묘하게 통하는 게 많다 싶더니만 끝내 '유일하게 솔직할 수 있는 친구'가 된. 그 애는 나의 바보 같은 버릇이나 어린 시절의 치기 같은 걸 고스란히 보고 자랐습니다. 그렇기 때문에 그 애한테만큼은 솔직할 수 있는 겁니다. 며칠 전엔 그 애와 오랜만에 통화를 했습니다. 새벽 네 시. 비가 오던 날입니다.

생각해보면 우리 처음 만난 날에도 비가 내렸습니다. 2013년의 여름. 새벽 한 시쯤. 우산을 쓰고 택시를 잡다가 난데없이 생일을 물어오는 겁니다.(아마 별자리 때문이었을 겁니다.) "11월 2일이요." 내 대답을 듣고 지어보인 표정이 아직도 눈앞에 생생합니다. 그리곤 "우린 아직 서로에 대해 더 알아야 할 것 같네요." 합니다. 우린 가까운 바에 가서 시간을 보내기로 했습니다. 생일이 똑같은 사람과 밤새 이야기를 나눌 기회는 흔치 않은 거니까요.

그런 생각을 하면서 전화를 받았습니다. 보고 싶단 얘기를 맘껏 하고 내친김에 다음주 월요일 합정에서 만나기로 합니다. 얼마 전엔 친구들과 '소중한 사람들'에 대해 얘길 했다고 합니다. 그러다 보니 자연스럽게 내가 떠올랐다고. 그 애는 나만큼이나 글을 많이 쓰고 녹음을 많이 하는 사람입니다. 그래서 우린 서로를 잊어버리지 않고 오래 간직할 수 있는 겁니다. 아무튼, 그 애는 친구들 앞에서 우리가 함께 나눈 2015년 즈음의 대화를 재생했을 겁니다. 앳된 현지의 목소리와 나의 목소리가 조용한 이자카야 안에 흐르고 그 애는 언제나 그랬듯이 테이블 위에 팔꿈치를 올린 채로 그 소리에 집중했을 겁니다.(우린 대화할 때 좀처럼 격양되는 일이 없어서 꽤 듣기 좋은 톤을 유지합니다. 아마 녹음을 하고 있다는 생각 때문일는지도 모르겠습니다.) 친구들은 아마 앳된 그 애의 목소리를 듣고 놀라서 물었을 겁니다. 이게 정말 네 목소리 맞냐고. 그 애는 맞다고 대답했을 거고, 그제야 그 녹음들이 너무 오래전의 기록이란 사실을 깨달았을 겁니다. 다시 말하자면 우리. 최근엔 만난 일도, 몇 시간씩 즐겁게 대화한 일도 없다는 사실을 깨달은 겁니다. 예상컨대 현지는 아마 그래서 전화했을 겁니다. 우리 사이에 더 많은 시간이 놓이기 전에. 미처 공유하지 못하고 스쳐 지나갈 삶의 면

면이 켜켜이 쌓이기 전에. 나와 나누고 싶은 겁니다. 우린 서로에게 유일하게 솔직할 수 있는 친구니까. 전화를 끊고서 음성메모를 모아둔 파일을 켭니다. 내가 가장 좋아하는 그 애의 목소리는 '피자를 주문하는 현지'라는 제목으로 저장되어 있습니다.

나는 친구가 많지 않은 편이지만 생각만으로도 손발을 따뜻하게 만드는 사람이 셋 있습니다. 요즘엔 이 정도면 꽤 성공한 인간관계일 거라고 생각하고 삽니다.

당신의 연락을
기다리는지도 모르겠습니다

어떻게 그렇게 쉴 틈 없이 글을 쓰나요. 같은 질문을 자주 듣습니다. 그럴 때면 멋쩍게 웃으며"좋아서요."합니다만, 실은 몇 가지 이유가 더 있습니다. 요즘 가장 큰 이유는 당신입니다. 뭐랄까 우린 아직 아무런 사이가 아니라서 "뭐해요?", "밥 먹었어요?", "좋은 아침이에요." 같은 메시지를 쉽게 보낼 수 없잖아요. 좋은 글을 쓰면 당신에게 연락할 면목이 생기니까. 요즘은 그래서 씁니다. 조금 더 솔직하게 말하자면 당신의 연락을 기다리는지도 모르겠습니다.

반으로 찢었을 때
아무런 의미를 갖지 못하는
글자들을 생각합니다
예컨대 '우'와 '리'같은

단어에 대해 얘기하는 일이 늘었습니다. 당연한 일입니다. 접해있는 건 물들기 마련이니까. 글자에 가까운 삶을 사는 사람일수록 단어에 예민하기 마련입니다. 어느새 바지 밑단이 축축해지는 것도 모르고 글자 속에 발을 담그고 있는 겁니다. 거기에 발을 담그고 오래 서있다 보면, 소설가는 문장을 수집하는 직업이라고 했던 말이 떠오릅니다. 아, 그래 떠오르는 말들이 많습니다. 글자 속에 손을 집어넣고 왼손으로부터 오른손이 있는 곳까지 뚝 끊어내면 것보다 좋은 말이 얼마든지 떠오르는 겁니다. 그러니까, 이게 제법 중독성이 있습니다. 어쩌면 단어에 대해 얘기하는 일은 내가 수집한 문장들을 나열해놓고 자랑하는 가장 이상적인 행위인지도 모르겠단 생각을 첫 줄을 적으면서 했습니다. 그런 의미에서 현지와 단어에 대해 얘기하기 된 거 어쩌면 당연한 순서일 겁니다. 우린 누구보다 글자와 가까운 삶을 살고 있으니까.

“얼마 전에 당신이 보여준 글에 관해 생각했어. ‘여자 여(女)와 아들 자(子)를 붙이면 좋을 호(好)가 되듯이 한자에는 두 개의 글자를 붙이면 새로운 의미를 갖게 되는 게 많습니다.'로 시작하는 글."

현지의 말을 들으면서 내가 쓴 글을 생각합니다. 그다음으론 단어와 단어를 나란히 놓음으로써 의미를 갖게 되는 글자들을 생각합니다. 예컨대 눈과 물이라든가, 발과 바닥이라든가 하는 것들. 현지의 얼굴을 봅니다. 가지런한 눈썹을, 어깨를. 그다음으론 단어와 단어를 나란히 놓아도 의미를 갖지 못하는 글자들을 생각합니다. 혹은 반으로 찢었을 때 아무런 의미를 갖지 못하는 글자들을 생각합니다. 예컨대 '우'와 '리' 같은.

누군가의 이름과 나의 이름을 나란히 놓았을 때. 우리는 어떤 의미를 갖게 됩니다. 그것은 기대일 때도 있고, 사랑일 때도 있고, 그리움일 때도 있습니다. 내 이름은 형용사처럼 때론 부사처럼 누군가의 이름을 수식하고 삽니다. 그러다 보면 자연스레 긍정적인 의미를 만들고 싶어집니다. 그러니까, 그들을 위해서라도 함부로 살 수 없어진 겁니다.

그러니까, 나는
그런 것들에 기대어
외로움을 견뎌내는 겁니다

인터넷에 범람하는 수많은 정보들을 두서없이 따라다니길 좋아합니다. 사소한 키워드로부터 시작해 다음 키워드로 연결되고, 연결되고, 다시 연결되어 결국엔 짐작할 수 없는 포인트에서 끝나게 되는 일. 무한한 영감의 원천입니다. 그런 과정을 계속해서 거치다 보면 어떤 사물을 관찰하는 눈. 일종의 시선을 갖게 됩니다. 샌드위치에서 시작해 결혼으로 끝나는 글이나, 무중력 공간으로 시작해 신혼여행으로 끝나는 등의 글을 적을 수 있게 된다는 뜻입니다. 작가의 눈, 관찰하는 눈은 학습을 통해 길러집니다. 예컨대 건축학 전공자와 미술 전공자 그리고 저. 셋이 카페에 앉아 있다고 가정해 보겠습니다. 우린 아마 그날의 저녁을 계산하기 위한 내기를 시작할 겁니다. 제가 제안합니다. 지금부터 30분간 카페 내부를 글로 묘사하자. 다들 고개를 끄덕입니다. 먼저 건축학 전공자는 기둥의 형태나 천장을 받히고 있는 모양, 노출된 전선의 역할, 전등이나 창문의 위치를 두고 오래 고민할 것입니다. 그다음으로 미술 전공자는 벽과 바닥의 색, 전등의 조도나 가구들의 위치 같은 걸 두고 오래 고민할 것입니다. 마지막으로 저는? 아마 카페에 앉아 있는 사람들의 목소리와 원두의 냄새, 내 앞에 앉아 열심히 관찰하는 둘에 대해 서술할 것입니다. 아마 그들은 각자의 분야에서 저보다 뛰어난 눈을 가지고 있을 겁니다. 어떤 부분을 눈여겨봐야 하는지, 자연스럽게 요소와 요소 사이가 유기적으로 연결되기 때문일 것입니다. 자주 생각하는 곳엔 길이 나기 마련입니다. 시냇물이 계속 흘러 폭이 넓어지듯이 말입니다. 어떤 소재를 어떤 것과 연결시킬지. 갈수록 그런 것들이 선명해집니다. 글을 쓰는 사람의 눈은 글을 쓰지 않는 사람의 눈과 조금 다른 것을 봅니다. 입술이 떨어지는 순간이라든가 손가락이 가리키는 방향 같은 거. 글자와 글자 사이 숨어있는 틈, 낮빛의 형태, 당신의 숨소리, 살갗의 온도, 말 한적 없는 말, 당신의 살에서만 나는 특유의 향기, 당신은 평생 볼 수 없는 당신의 정수리, 당신의 눈동자를 통해 비치는 나의 바보 같은 표정, 당신의 외로움, 당신의 쓸쓸함, 당신의, 당신의, 수많은 당신의 같은.

이 눈이 날 더 외롭게 만드는지 혹은 다정하게 만드는지 잘 모르겠습니다. 글을 쓸 때면 나의 눈은 외로운 사람들을 보고, 외로운 사람들은 나의 글을 봅니다. 그 미약한 온도. 유대감. 나 혼자 덩그러니 놓여 있는 게 아니라는 안도.

원고를 마감하는 지금도 여전히 그런 것들이 세상을 좀 더 다정하게 만든다고 믿습니다. 그러니까, 나는 그런 것들에 기대어 외로움을 견뎌내는 겁니다.

나를 따듯하게 만드는 글자들

소리에 예민한 편입니다. 클럽이나 나이트, 페스티벌 같은 곳엔 어지간해서는 가질 않습니다. 시끄러운 음악을 듣거나 날카롭게 이야기하는 것도 썩 좋아하질 않습니다. 그런 걸 듣고 있으면 나도 모르게 눈살이 찌푸려지는 겁니다. 소리는 진동을 통해 전달됩니다. 조금 더 정확히 말하자면, 성대가 움직여 만든 진동이 공기를 통해 고막에 닿아 음성 신호로 변환되는 겁니다. 그래서인지도 모르겠습니다. 어떤 말들에 몸이 반응하는 거. 고막을 흔드는 것에서 멈추지 않고 어깨를 입꼬리를 손끝을 살갗을. 끝내는 심장을 떨게 만드는 겁니다. 나는 그런 종류의 단어를 몇 가지 알고 있습니다. 하지만 날카로운 단어들을 구태여 이곳에 나열하지는 않을 겁니다. 오늘은 꽤 기분이 괜찮고, 광안리엔 비가 오거든요.

지금부턴 나를 따듯하게 만드는 글자들을 소리 내어 발음해볼 작정입니다.

사랑해. 보고 싶어. 오래오래 봤으면 좋겠어. 주말에 뭐해? 밥 먹을까? 커피도 좋아. 오이 안 먹지? 빼달라고 해야겠다. 당신의 공허함. 내가 채워줄게. 그래서 이다음은 어떻게 돼? 당신이 궁금해. 더 알고 싶어. 난 네 편이야. 널 믿어. 알지? 글 쓰는 거 말고, 평소엔 뭘 하면서 시간을 보내요? 제일 좋아하는 영화가 뭐예요? 아, 나 그거 봤어. 그 영화 OST가 이거 맞죠? 책 잘 읽었습니다. 비가 오면 작가님의 글이 생각나요. 커피는 뜨거운 아메리카노. 얼음 세 개 넣어서 맞죠? ... 잘 읽었어. 목소리 듣고 싶어. 좀 이따 전화할게.

같은.

마치며

첫 장에서 말씀드린 대로 광안리에 앉아 마지막 페이지를 적고 있습니다. 오늘의 광안리는 멀어지는 것과 다가오는 것으로 온통 소란합니다. 제 마음도 그렇습니다. 일 분 뒤면 이 원고는 제 손을 떠납니다. 여러분께 닿기 위해서. 모든 원고를 끝마치고 한숨 돌리기 위해 이미 식은 커피를 한 모금 마십니다. 그제야 앞에 앉은 사람의 얼굴이, 원두를 가는 그라인더의 소리가, 케이크의 크림 냄새가 꼭 티비 채널을 돌린 것처럼 갑작스럽게. 쏟아집니다. 이렇게 틈틈이 숨어있는 여유를 좋아합니다. 원고를 발송하면 아마 며칠간은 바다 앞에서 여유로운 시간을 보낼 겁니다. 그리곤 아마 금세 다시 다음 글을 적을 겁니다. 나는 그런 사람이니까요.

새로운 책을 세상에 내놓는다는 건 늘 설레는 일입니다. 지금 이 글자들을 읽고 있는 누군가도 그곳이 어떤 곳이든지. 위로를 위안을 외로움을 쓸쓸함을 사랑을 다정함을 느끼길 바라며 계속 쓰겠습니다.

오늘은 누구도 행복하지 않았으면
좋겠단 생각을 했습니다.

초판 1쇄 발행 2019년 08월 06일
초판 2쇄 발행 2019년 10월 14일

지은이 여태현
그 림 신현선
발행인 정영욱

책임편집 김 철 | **표지 디자인** 김태은 | **내지 디자인** 정영주
도서기획제작팀 김 철 여태현 김태은 정영주 정소연
디자인·마케팅팀 유채원 홍채은 김은지 김하정

펴낸곳 (주)BOOKRUM | **주 소** 서울특별시 구로구 디지털로 234 지하이시티 1813호
전 화 070-5138-9972~3 (도서기획제작팀) | **이메일** editor@bookrum.co.kr
홈페이지 www.bookrum.co.kr | **인스타그램** bookrum.official
포스트 http://post.naver.com/s2mfairy | **블로그** http://blog.naver.com/s2mfairy

ISBN : 979-11-6214-284-4

※ 이 도서의 국립중앙도서관 출판시도서목록(CIP)은 서지정보유통지원시스템 홈페이지 (http://seoji.nl.go.kr)와 국가자료공동목록시스템 (http://www.nl.go.kr/kolisnet/)에서 이용하실 수 있습니다.

※ 오탈자 및 잘못 표기된 부분은 위 이메일 주소로 보내주시면 감사하겠습니다.